ルート29

著　黒住光
原作　森井勇佑／中尾太一

リトルモア

ルート29

1

のり子さんのお仕事は清掃員です。毎日いろんな場所へ行って掃除をします。好きで始めた仕事ではないのですが、嫌いでもありません。

掃除というのは手順通りに進めればかならず少しずつキレイになっていきます。完璧なキレイさという果てしない理想をめざしさえしなければ、あるていどキレイになったところでふつうの掃除はとりあえず終えることができます。決められた持ち場をふつうに掃除して、一日の仕事は終わり。今日が終わるころに寝て、目が覚めればまた次の今日が始まります。そのくりかえしが、のり子さんの生活でした。

そんないつかの今日の朝。海沿いの道に停車した清掃会社の作業用ワンボックスカーの後部座席で、のり子さんはボールペンをにぎり、ノートに日記を書いていました。

こわい夢を見て朝がくる
すぐ夜がくる
また長い夜がきて
こわい夢を見る　朝がくる

他人が読めば詩のようにも見える言葉のつらなりですが、これがのり子さんの日記なのです。

のり子さんは今日ではなく昨日を思い出していました。

市民病院の診察室の椅子にすわったのり子さんの前で、病院の先生がＣＴスキャンの画像を見ながら言いました。

「しかしまるいですね。こんなにキレイなまんまるははじめてです」

頭蓋骨（ずがいこつ）を輪切りにしたようなスキャン画像の、脳のまんなかにまるくまっ白なカゲが写っています。

先生は「来週あたり、もういちど検査しましょう」と言いました。のり子さんはなにも言わず、窓ガラスの外側をゆっくりと這（は）っているカタツムリを見ていました。ガラスにはりついたカタツムリのからだの裏側の、ウネウネと波のように動くさまを見ていました。

弥恵さんと千佳さんという清掃チームの先輩たちが車のドアをあけました。

「また書いとる」「詩人さん、ちょっとつめてな」という声で、のり子さんは病院の椅子からワンボックスカーの椅子にもどされました。

ふたりはアイスクリームをなめながら座席に乗り込んできます。のり子さんはノートを閉じてリュックにしまうと、からだをずらして席を空けました。


ワンボックスカーを運転するのはチームリーダーの広子さんです。地方都市は車で数分も走れば建物もまばらになっていきます。町はずれまで来ると、広い駐車場に広子さんは車を停めました。そろいのアズキ色のツナギを着た一同は、車を降りて広子さんの指示をあおぎます。今日の掃除の現場は病院です。市民病院とはちがう、森の奥にある病院でした。

弥恵さんと千佳さんがテキパキと掃除用具を車から下ろしている横で、のり子さんはぼんやりと森のほうをながめていました。塀の向こうから楽器の音のようなものが聴こえます。

「あの音楽はなんですか?」と、のり子さんは広子さんにたずねました。

「患者さんたちが演奏しとるんです」と、広子さんは言いました。

かすかな音色にのり子さんが聴き入っていると、弥恵さんから「手、動かす」と掃除道具を手渡されました。


そこはからだではなく心を病んだ人たちの病院でした。ぶつぶつとなにか独り言を言いながら廊下を歩く人。壁に向かってだまっている人。うつろな目で床にすわり込んでいる人。壁にはそういった人たちのだれかが描いたらしい絵が飾られていました。

広子さんを先頭に清掃チームが廊下を進んでいくと、患者さんたちはそれぞれの体勢で少し避け、通り過ぎるとまた体勢をもどし、静かな波が進んでいくようでした。

「患者さんに話しかけられても、むやみに取り合わんでください。むかしトラブルになったことがありますんで」

廊下の奥で、広子さんがそう言いました。むかしとはどれくらい前の話なんだろう、広子さんはいつからこの仕事をしているんだろう、どうでもいいけど、と思いながらのり子さんは「はい」と答えました。

弥恵さんと千佳さんが掃除用具の入ったカートを押していきます。ふたりがコンビを組み、のり子さんは広子さんについていくのがいつものパターンです。

広子さんとのり子さんは浴室の清掃を担当しました。いつも無表情な広子さんは、仕事に関係ない話はいっさいしません。ちょっとこわい感じの女性ですが、無駄なおしゃべりをしなくてもいいのが、のり子さんにとっては楽でした。ただだまって指示に従えばいいのです。

ふたりで黙々と浴室の清掃をすませると、広子さんはのり子さんにひとりで裏庭を掃除するように命じました。ひとりになれるのはボーナスタイムのようなものです。


裏庭にしゃがんだのり子さんは、落ち葉を手でかき集め、ゴミ袋に入れていました。やる気のなさそうな、のろのろとした手の動きですが、上司が見ていないからサボっているというわけではありません。だれかに見られていようがいまいが、やる気なさげにゆっくり動くのが、のり子さんのペースなのです。

おなじようにゆっくりとしたペースで、白い影が近づいてきました。白い上下の服を着た女性が、のり子さんのほうへ歩いてきます。

服とおなじように肌も白く、すらりと背の高い、四十代ぐらいの人でした。大きく見開いた目はまっすぐ視線が固まっています。のり子さんの顔を見ているのか、のり子さんの顔を透かしてもっと遠くを見ているのか、わからないような目でした。思わずのり子さんは目をそらして自分の手もとを見つめました。

「タバコは持っていますか?」

白い服の人がそう言いました。のり子さんはなにも言えません。

「タバコは持っていますか?」

白い人はリピート再生のようにおなじ言葉をくり返します。

「患者さんと話してはいけないんです」

のり子さんは仕方なくそう答えました。

「そうですか。タバコは持っていますか?」

どうやらこの問答はのり子さんには勝ち目がなさそうです。

「……ここは吸っていいんですか?」と、相手のペースに乗っていました。

「いいんですよ。タバコ持っていますよね」

「はい、持っています」

「一本ください」

のり子さんはポケットからタバコを取り出し、白い人に差し出しました。タバコを一本抜き取ると、彼女はのり子さんのとなりにしゃがんでそれを口にくわえました。

のり子さんがライターを手渡すと、彼女は細い指ではさんだタバコに火をつけ、スーッと吸い込みました。のり子さんも自分でタバコを一本くわえます。彼女がライターで火をつけてくれました。

「これ、あげます」

そう言って彼女が差し出したのは、きれいな花の形に折られた折り紙でした。どういう気持ちで受け取ればいいのか、のり子さんにはわかりません。

「あなたはどうしてここにいるのですか?」と白い人がたずねました。むしろのり子さんのほうがしたいような質問でした。

「わたしは仕事です。掃除の仕事です」

「わたしはどうしてここにいるのかわかりません。あなたはお仕事することは好きですか?」

「はい」

「では、あなたにこれをお願いしたいです」

そう言って白い人はまたなにか取り出し、地面に置きました。折りたたまれた紙切れのようです。のり子さんが手に取って開いてみると、二枚重なった写真でした。どちらもおなじ、ランドセルをしょった小学一年生ぐらいの女の子が写っています。女の子はどこかさびしく、なにか鋭い目をしていました。

「娘です。その子をここへつれてきてください」

突然の依頼にのり子さんがとまどっていると、白い人はのり子さんの顔を見ず、まっすぐな視線を前に向けて言葉をつづけました。

「とうとうもうじき、わたしは死にます」

からだの病とちがって心の病に余命宣告などはないと思われますが、白い人は確信を持った口調でした。

「生まれてからずっと、この気分にくるまれてきました。でもいつも裏切られてきました。こんどこそは、信用していい気がしています。こんどこそ本当にとうとう死ぬのです」

彼女のゆるぎない断言に、のり子さんは飲み込まれる気がしました。

「死ぬ前に、この子に会っておきたいのです」

のり子さんは写真の女の子の顔を見つめてたずねました。

「……この子はどこにいるんですか？」

「姫路です」

姫路にいるらしいということと、何年も前の小さなころの写真だけで、いまのこの子を探し出すことができるのでしょうか。
のり子さんが考えていると、「中井さん」と呼ぶ声がしました。広子さんが庭に出てきてこっちを見ています。中井とはのり子さんの苗字(みょうじ)です。「終わりましたか」と言われ、のり子さんは「はい」と立ち上がりました。小走りで広子さんのほうへ行き、ふりかえると白い人の姿はもうありませんでした。

その夜、アパートに帰ったのり子さんはノートに日記を書きました。

人とちゃんと話をした
ひさしぶり
仕事をたのまれた

夕飯の卵かけごはんを食べながら、壁に貼った写真を見ました。例の女の子の写真です。女の子に見せるように、母親が折った折り紙を写真に向けて掲げてみました。
この子を母親のもとへつれていく。それが依頼された仕事です。掃除の仕事とはちがいます。掃除を依頼されているのは会社であって、のり子さんに依頼されているわけではありません。むしろのり子さんは、生活のためにお金が必要だから会社に「雇ってほしい」と依頼しているほうの立場です。

そう言えば、あの白い人とお金の話はしていません。彼女は娘をつれてきてくれたらいくら払うなどとは言いませんでした。ただ「つれてきてください」と、のり子さんに頼んだのです。

暗い夜の風が、アパートの窓にかかった白いレースのカーテンを揺らしています。はじめて聴くのに、いつかどこかで聴いたことがあるような気がする曲。のり子さんは、そんな音楽が頭のまんなかの白いところに響いているような気持ちになっていました。

必要なもの
車、タバコ、ちょっと現金

のり子さんはノートにそう記しました。今日のことではなく、明日のことを書いたのははじめてでした。

2

いつものように朝起きて、いつものようにのり子さんは仕事に出かけます。でも、今日はもう、昨日までとおなじ今日ではないのです。

今日の仕事場は鳥取県立博物館でした。鳥取駅から車で五分くらいのところです。のり子さんはいつものように広子さんと組んで、いっしょに展示室の床を掃きました。ガラスケースのなかから、大きなツノの生えた鹿や、するどい牙をむき出した熊やら、剥製（はくせい）になった動物たちがガラス玉のうつろな目で見ています。

広子さんがホウキを持った手を止め、「あ、チリトリ忘れとる」と言いました。のり子さんはすぐに「わたし行ってきます」と言いました。

めずらしく自分から進んで動こうとするのり子さんに、広子さんは「え？　ああ……」ととまどうような顔をしながら、ツナギ服の腰ポケットを探って「これ、鍵です」と車のキーを差し出しました。のり子さんはそれを受け取ると、持っていたホウキを広子さんに託し、展示室から出て行きました。

博物館の玄関の大階段を降りて外に出て、のり子さんは屋根のついた外通路を小走りで行きました。こういう大きな施設の駐車場は、たいてい遠いところにあるのです。

掃除道具一式が置いてある廊下に、広子さんと弥恵さんと千佳さんは、三人並んで立っていました。チリトリがなければ掃除を進めることができないのです。いつまでたってものり子さんはもどってきませんでした。

「ちょっと見てきます」

広子さんはそう言って、駐車場のほうへ向かいました。いつでも冷静な広子さんは走ることはせず、少し早足で駐車場にたどり着きました。そして信じられない光景を見ました。

そこにはのり子さんの姿がなかっただけでなく、そこに停めたはずの会社のワンボックスカーもなくなっていました。冷静な広子さんは声を上げることもなく、しばらく無言で駐車場に立ちつくしました。


国道29号線は兵庫県姫路市と鳥取県鳥取市を結ぶ一般国道です。一般国道というのは、高速道路ではない国道ということです。たぶんずっとむかし、日本で二十九番目に国が定めた道路なのでしょう。鳥取側は山陰地方を通る国道9号、兵庫側は山陽地方を通る国道2号につながっています。国道は番号が小さいほど道が太く大きくて、なんだか偉いような感じです。

よく晴れた空の下、二十九番目の細い国道を、すすけたレンガ色のワンボックスカーが姫路方面に向かって走っていました。「砂鳥美装」と社名のついた車の運転席でハンドルをにぎっているのはのり子さんです。

ツナギのポケットのなかから音がしました。ピリリリリ、ピリリリリ……という古いガラケーの着信音です。のり子さんに電話をかけてくる相手は仕事関係か、病院や役所の人ぐらいしかいません。この場合は状況から考えて、広子さんからの電話にちがいありませんでした。のり子さんは電話には出ず、街道沿いの「道の駅」の駐車場に入っていきました。

車を降りると建物の入口のほうへ向かい、ポケットから携帯を取り出しました。赤いジュースの自販機と、赤いコーヒーの自販機と、赤い郵便ポストが並んだ横に、白いゴミ箱があります。そのなかへ携帯を捨てました。ピリリリリ……とゴミ箱の底で音はまだ鳴っています。

　のり子さんは車にもどって、また国道29号を南へ向かって走り始めました。これまでのたくさんの昨日をゴミ箱のなかへ置き去りにして、どこへ着くのかわからない明日の方角へと走っていきました。

3

姫路は大きな街です。姫路市の人口は約五十二万人、鳥取市の三倍近くにもなります。数字が小さいほど偉い国道の世界の、2号と9号の格差というものなのかもしれません。もしかして国道29号は、その2と9の間を下っていくルートだから29号なのでしょうか。

鳥取の三倍の人混みのなかを、のり子さんはあてもなく歩きました。五十二万人のなかから一人の女の子を見つけることができるでしょうか。どう考えても無理だと思うのがふつうですが、のり子さんはそうは思っていませんでした。

姫路城の近くの、古くからあるようなアーケード商店街をふらふらと歩いていたときでした。背後からガーッ、ガーッ、ガーッとなにかが転がるような音がしました。

ふり向いて見ると、小学六年生か中学一年生ぐらいの年ごろの女の子がローラースケートですべってきました。ショートヘアで男の子みたいな感じの女の子です。あわい水色のデニムの、膝丈のサロペットを着て、ガニ股の脚を引きずるような格好で不器用にすべっていました。足にはいているのは靴とローラーが一体になった本格的なローラースケートではなく、靴に水色のベルトで車輪の台を留める、オモチャっぽいものでした。

ガラガラとけたたましい音を立てて女の子が脇を通り過ぎていくとき、のり子さんと目が合いました。一瞬でしたが、どこか寂しく、なにか鋭い目でした。

のり子さんは「見つけた」と思いました。ポケットから写真を取り出し、探している子の顔を確認します。似ているのはたしかですが、他人の空似かもしれません。しかし、なぜかのり子さんはまちがいないと確信していたのです。

ただ、あまりにもあっけなく見つかったので、追いかけるのを忘れて彼女を見失ってしまいました。

のり子さんは姫路の街のベッドハウスに宿を取りました。ベッドハウスやゲストハウスなどと呼ばれるのは、低料金で寝床だけを借りる簡易宿泊所のことです。個室はなく二段ベッドが並んで、カーテンだけでかろうじてプライバシーを守るようになっている……というのが、よくあるスタイルです。トイレは共同で、浴室はないか、あってもの共用のシャワールームていどです。貧乏旅行をする人たちも利用しますが、帰る家のない、その日暮しの人たちのねぐらにもなります。さて、のり子さんはいま、どっちのほうの人なのでしょう。

そのベッドハウスは比較的新しく、モダンでキレイなところではありましたが、得体の知れない人たちも出入りしているようでした。のり子さんは着替えもなにも持ってこなかったので、ずっとアズキ色の清掃員のツナギを着たままです。そこに寝泊まりして、ローラースケートの子を見た商店街に毎日出かけました。刑事の張り込み捜査のようです。

いまどきはどこの街も路上喫煙禁止です。張り込みの途中、タバコを吸いたくなったのり子さんは、商店街の脇の人気（ひとけ）のない路地の奥に入り込み、目立たないようにタバコを吸いました。

しかし、こんなときにかぎって人がやってくるものです。

「あったー！」と言いながら、制服を着た女子中学生が路地に入ってきました。つづいて男子中学生がふたり、バタバタと足音立てて走って来ます。

国宝の姫路城を見学に来た修学旅行生のようです。彼らの目的もおなじでした。リーダー格らしい女子中学生がスカートのポケットからタバコの箱を取り出し、男子ふたりにタバコをわけあたえました。三人で顔を寄せあい、一つのライターでタバコに火をつけようとしますが、ビューッと急に強い風が路地の奥のほうから吹いてきて、火が消えてしまいます。

「あれ?」「え?」「つかない」と困った三人は、のり子さんのほうを見ました。「あ、風よけ」「風よけ」「風よけ」と、三人はのり子さんのほうへ近づいてきました。壁ぎわに立っているのり子さんを風よけにして身をかがめ、使い捨てライターをガシャガシャとこすります。

そのとき、ガーッ、ガーッ、ガーッと商店街のアーケードのほうから音がしました。のり子さんはサッとタバコを投げ捨て、音のほうへ走りました。「風よけ」がいなくなって、中学生たちは「あー……」「風よけ……」と、ため息をついていました。

水色のオモチャっぽいローラースケートが立てる音を追って商店街を走りました。どちらかと言えば動きののろいのり子さんですが、自分なりの全速力で追いかけたつもりです。それでもローラースケートの子はもう見えなくなっていました。それが姫路に来て三日目のことでした。

ローラースケート、見つける
3回目
今日も見失う
おなじルートを走っている

その夜、のり子さんはベッドハウスにもどると、カーテンを閉じたベッドの上で、
そう日記に書きました。

4

四日目の朝、なにやら騒がしい物音にのり子さんは目を覚ましました。カーテンをあけて顔を出すと、制服を着た警察官が何人もハウスのなかを歩きまわっていました。ピュッとするどく鳴るサイレンの音や、無線を通した早口の声も聞こえます。警官は宿泊客たちに声をかけ、なにかの事件について聞き込みをしているようでした。

宿泊客が廊下に並んで、警官から荷物検査を受けることになりました。のり子さんは会社の車を無断で借りています。のり子さん的にはだまって借りただけですが、会社側からすると車を盗まれたと思っていることでしょう。警官を前にするとうしろめたいところはあります。

警官の目を見ず顔を伏せ、のり子さんは自分のリュックのなかを見せました。警官は日記のノートをパラパラとめくり、ページの間にはさんであった女の子の写真を見ています。

そのとき、手錠をはめられたスキンヘッドの中年のおじさんが、べつの警官につれられて廊下を通りすぎていきました。

「あ……」という顔でそれを見ている警官の手から、のり子さんはピッと写真をつまんで取り返しました。なんの事件なのかわかりませんが、とにかく犯人はのり子さんではなかったようです。

騒ぎから解放されて、のり子さんはまた商店街へ張り込みに行きました。朝は警官から調べられる側だったのに、いまは自分が刑事みたいなまねをしているのが不思議です。

午後の商店街を歩いていると、ガーッ、ガーッと聞き覚えのある音が聴こえてきました。交差して伸びる商店街の四つ角の、左手の方角から聴こえます。こんどこそ逃すまいと、のり子さんが駆けていったときです。ドンッ！　と激しい衝撃におそわれました。

四つ角の左手から曲がってきたローラースケートの子と、のり子さんが正面衝突したのです。のり子さんはあお向けに、女の子は横倒しに倒れました。

衝突のショックで女の子の足からローラースケートがはずれ、その片方がカラカラと通路をすべっていきます。

女の子はすぐに立ち上がり追いかけました。人並みを縫うように水色のローラースケートが遠ざかっていきます。女の子はそれを目で追うだけで、あきらめたように足を止めました。

商店街の通路のまんなか、あお向けに倒れているのり子さんに、通りすがりの女の人が「だいじょうぶですか」と声をかけてくれました。幸い背負っていたリュックがクッションになり、のり子さんは頭を打たずにすみました。

女の子はのり子さんにあやまるでも声をかけるでもなく、そばに転がっていたもう片方のスケートを拾い、そのままだまって立ち去っていこうとします。のり子さんは起き上がり、声をかけてくれた人に答えることもせず、女の子のあとを追いました。


女の子は商店街を出ると、住宅街のほうへ向かいました。用水路沿いの道を、下校途中のランドセルをしょった小学生たちがワラワラと歩いてきます。女の子は学校には行ってないのでしょうか。ランドセルの子たちとは反対の方角へ、女の子は進んでいきます。

のり子さんは気づかれないように距離をとり尾行（びこう）しました。女の子はうしろをふりかえることもなく、スタスタと早足で歩いていました。

やがて彼女は一軒のアパートに入っていきました。ここが家なのかと思ったら、アパートの外廊下を通り抜け、裏口からまた外へと出ていきます。どこかへの抜け道なのでしょうか。

尾行をつづけると、女の子はどんどん住宅街のはずれのほうへと歩いていきました。また別の用水路にぶつかります。人がひとり通れるくらいの細い橋を渡ると、舗装されていない土の道になり、緑の深い林がありました。

林は金網のフェンスで囲まれています。女の子が立ち止まったところは、金網の下の地面を少し掘り下げたようになっていました。彼女はそこからフェンスの下へ頭をくぐらせ、林のなかへ潜り込んでいきました。

穴は小さく、のり子さんがくぐるのは無理です。のり子さんはフェンスをよじ登ってなかへ入りました。


林のなかは小高い丘になっていました。意外に大きな緑地のようです。遊歩道がありましたが、女の子はそれを横切り、道のない斜面を登っていきました。

のり子さんも追いましたが、木々の間へ消えていくうしろ姿を、いつの間にか見失ってしまいました。

　奥へ進むと、林を抜けて開けたところへ出ました。伸びた草が茂るなかに、色とりどりの人工物が見えます。近寄って見ると、ガラクタを飾りつけたオブジェのようなものが並んでいました。子どものころ、男の子たちが山のなかに秘密基地を作って遊んでいたことを、のり子さんは思い出しました。

　カサカサと草を踏みわける足音がして、女の子があらわれました。のり子さんは身をかがめて草の茂みにかくれました。

　女の子は木の枝をたくさん小脇に抱えていました。それをドサッと投げ捨てるように地面に下ろし、かがみ込んでなにか作業を始めました。木の枝を組み合わせてなにか作ろうとしているようです。

　息をひそめて見ていたのり子さんは。気を落ち着かせるようにタバコをそっと口にくわえ、火をつけました。

　緊張していたせいでしょうか、タバコを反対にくわえたことに気づかず、フィルターのほうに火をつけてしまいました。タバコを吸う人なら知っているでしょう。綿のような繊維のフィルター部分は炎を上げて燃えます。のり子さんは驚いてタバコを地面に投げ捨て、バタバタと足で踏みつけ火を消しました。

その音に女の子が気づき、こっちを見ました。のり子さんはあわてて身をかがめましたが、もう手遅れです。女の子がこっちへ近寄ってきました。

二匹の猫のように茂みのなかに四つん這いになって、ふたりは顔を見合わせました。まるい銀ぶちメガネをかけたのり子さんの目と、暗く透きとおったビー玉のような女の子の目が、見つめあいます。

「あなたを探しとった」と、のり子さんが言うと、女の子は「あんたはだれ？」と言いました。

つづけて「ここに住んどるん？」と質問したのは、のり子さんではなく女の子のほうです。

のり子さんは当然「住んでない」と答えます。

「じゃあ、なんでここにおるん？」

のり子さんはポケットから折りたたんだ写真を出し、草の間から手を伸ばして差し出しました。

「あなたのお母さんが、あなたに会いたがっとる」

女の子は写真を手にとって広げると、知っている顔を見るような目で見ていました。

「わたしはあなたを、お母さんのところまで運ぶ」

のり子さんからの唐突な宣言に、女の子はとまどうような顔をしました。

「意味わからん」

「意味わからんくても運ぶ」

「頭おかしいん？」

「おかしくない」

おかしいのかもしれないなと思いながら、のり子さんはそう言いました。病院の窓ガラスに貼りついていたカタツムリの裏がわのウネウネが頭のなかでうごめいているような気がしました。

5

まっすぐ伸びた街路樹よりも、変に曲がった野生の木のほうが魅力があったりするものです。成長途中で倒れて曲がったのでしょうか、水平方向に伸びた太い木の幹がありました。その上に、女の子はまたがってすわっています。のり子さんは少し離れた斜面に体育座りしていました。

女の子は手に持っていたクッキー缶のフタをあけ、なかに入っているものをガチャガチャと探ってなにか取り出しました。小さくてまるい魚の形をした焼き物です。それを口にくわえて、ピーッと吹きました。オカリナみたいな笛になっているのです。

「これ持ってく」

魚の笛にはひもがついています。女の子はそれを首からさげると、木の幹から降りました。

木と木の間にロープが張られ、そこへたくさんの軍手が洗濯ばさみで干されていたり、木の枝に片方しかない靴や地下足袋が吊り下げてあったりします。

ガラクタだらけの秘密基地のまんなかに、段ボールやらビールケースやら文房具のファイルケースやら、色とりどりな廃材で作られた、インディアンのテントみたいな円錐形の物が建っていました。てっぺんには大きなパラソルが取り付けてあります。

ちなみにアメリカ先住民のことをインディアンと呼ぶのは「差別的でいけないことだ」と考える人たちもいますが、当の先住民族の人たちには「インディアンと呼ばれてきた歴史をなかったことにされたくない」と、むしろ誇りを持ってインディアンと名乗りつづける人たちもいます。みんなが満足する答えを探すのはむずかしい問題です。

とにかくその円錐形のテントのほうへ、女の子は歩いてきました。

「おーい、おーい、おーい」

女の子が大きな声で呼ぶと、テントの上部の小窓がパカッと開いて、ひとりのおばさんが顔をのぞかせました。

「うっさい、殺すぞ」

テントの住人はドスの利いた声でそう返しました。

のり子さんはじっとすわったまま、ふたりのやりとりを遠くから見ていました。


「シャケ師匠、おらちょっと旅してくるぞ」

「勝手に行ってこい」

小窓がパタンと閉じました。

テントの横にはテーブルと二脚の背もたれつきの椅子が置いてあって、女の子はそこにどっかりすわって、シャケ師匠に話します。

「おらが帰ってくるまで死ぬなよ」

「明日死んどくわ」

「おやすみ」

「グッナイ」

おやすみのあいさつとはうらはらに、テントの出入り口のカーテンが開き、シャケ師匠がなかから出てきました。色あせて破れた服を何枚も重ね着し、白髪まじりの長い髪の毛をボロ切れで編み込んでいます。

シャケ師匠はサンダルをはいて、カセットコンロがのっているビールケースのほうへ歩くと、コンロの上に置いてあるヤカンをつかみ、なかの水をグビッとひと口飲みました。

「だれと行くんじゃ?」

「なんかへんなやつ」

「それは心配やな。わしも行くことにしよう」

「行こうや」

女の子は明るい声でそう言いましたが、シャケ師匠はむずかしい顔をして女の子の向かいの椅子に腰を下ろしました。

「いや、やっぱり行かん。今日はクミさんが来るんやった」

「もうクミさんとは会わないって言っとったやん」

「そういうわけにもいかん」

離れた場所から見ているのり子さんには、ふたりの会話はよく聞こえませんでした。聞こえたとしても、たぶん意味はわからなかったでしょう。

シャケ師匠のテントのとなりには、それをミニチュア版に縮小したようなサイズのテントがありました。ココッと鳴き声がして、なかから飛び出してきたのは一羽の鶏

です。トサカの大きな雄鶏(おんどり)でした。

「あ、坂本」

女の子がそう言いました。鶏の名前のようです。

「坂本はここんとこ、いっつもそわそわ」

シャケ師匠が言うとおり、坂本はせわしなく歩きまわり、地面の落ち葉を蹴散(けち)らしました。

のり子さんはずっとだまってすわったままでした。あのおばさんと女の子はどういう関係なのか。女の子もここで暮らしているのか。わからないことだらけでしたが、のり子さんはなにも質問しようとはしませんでした。もともと人と話すのがあまり得意ではありませんし、いつも他人は他人、自分には関係ないと思って生きてきたのです。

6

姫路の街から国道2号線を岡山方面へ西に行くと、国道29号の起点があります。レンガ色のワンボックスカーはそこへ向かって走っていました。のり子さんが運転席でハンドルをにぎり、女の子は助手席で膝をかかえてすわっています。のり子さんは視線を感じました。

「なに?」と聞くと、女の子は「トンボ」と言いました。子どもは目に見えたものをそのまま口にします。最初に思ったよりも彼女は幼いのかもしれません。

「ん?」

「おまえは今日からトンボな」

そう言われても、どう返してよいのやらわかりません。のり子さんのかけているまるいメガネが、童謡の『とんぼのめがね』のように見えるのでしょうか。

「トンボ!」

どうやらそれが自分の呼び名なのだとのり子さんは悟り、「はい」と答えました。

「呼んだだけ」と女の子はそっけなく言うと、車の窓をあけて「わーっ！」と外へ向かって叫びました。

大声にビクッとしてのり子さんが横を向くと、窓の外の流れる景色を見ている、まるい小さな背中がありました。これから自分が鳥取へ運ぶ荷物は生きたナマモノであることと、その重さをはじめて知ったような気がしました。

こうして、のり子さんは「トンボ」になりました。女の子の名前は「ハル」といいました。

走る車から見える景色は、『とんぼのめがね』の歌詞のように、青いお空にピカピカの太陽が光り、やがて夕焼け雲へと変わっていきました。

トンネルを抜けると、車は29号線に入りました。ハルは助手席から後部座席へ移動し、さらにそのうしろの荷室に入り込んでいます。

積み込んである掃除用具の数々を物色（ぶっしょく）して、特に気になったのは薄緑色の養生（ようじょう）テープでした。建築現場や引越作業のとき、建物を傷つけないように段ボールなどで壁や床をおおうことを「養生する」と言いますが、それに使うテープです。見た目もサイズもガムテープに似ていますが、粘着力が弱くて剥がしやすく、跡が残らないのが特長です。ハルは養生テープのロールからビーッとテープを剥がして引き出しました。

「トンボ！　あとどんぐらいで着く？」

ハルが運転席のほうをふり返ります。「たぶん三時間くらい」とトンボが答えると、ハルは「ファック！」と吐き捨てながら、養生テープをビリビリ引っ張りました。

いま走っている区間は広い四車線道路になっていました。となりの車線を別の車がおなじスピードで並走しています。乗っているのは家族づれで、後部座席の窓から幼い男の子がハルたちのワンボックスカーのほうを見ていました。ハルは緑の養生テープをぐるぐる巻きにして目と口をふさぎ、その顔を窓から出して男の子のほうへ向けました。男の子は目をまるくします。

「お父さん、事件」と男の子は助手席のお父さんに伝えましたが、スマホを見ているお父さんは「んー？」と生返事です。運転席のお母さんも気づきません。

トンボはうしろの席でハルがやっていることも、となりの車の家族のことも知らぬままに、車のスピードを上げて走っていきました。あたりは山ばかりになり、空がしだいに暗くなってきました。山の峰に立ち並ぶ木々を灰色の霧がつつんでいました。

7

道沿いに見える民家もなくなり、深い山間（やまあい）に国道29号が入っていくころには、もうとっぷりと日が暮れていました。前後を走る車はなく、対向車線をすれちがっていく車もありません。

まっ暗な道の前方に、ほのかな光が見えました。近づくとログハウスふうの建物の三角屋根が照明のなかにぼんやりと浮かんでいます。チェーン店が建ち並ぶ幹線道路沿いでは見かけないような、古びた個人経営らしいドライブインでした。トンボは車のスピードを落とし、その駐車場に入っていきました。

ドライブインという言葉もいまではほとんど死語に近いでしょう。店の前に広い駐車場があって車で立ち寄りやすくなっている食堂のことを、むかしはそう呼びました。ゲームコーナーがあったり、お土産物なども売っていたりして、長距離トラックのドライバーが食事や休憩に立ち寄るドライブインが、むかしは街道沿いのそこかしこにあったものです。

このドライブインにも複数の建物が並んでいます。いろんな施設があったようですが、いま営業しているのは三角屋根の食堂の部分だけでした。

トンボとハルが入っていくと、カウンターのなかにいた女性が不機嫌そうな声で「いらっしゃいませ」と出迎えました。

トンボはオムライスを注文し、ハルはライスだけを注文しました。ハルがそれでいいと言うのです。遠慮しているようにも見えないので、たぶん偏食なのでしょう。ベジタリアンなのでしょうか。

店のなかの照明は、各テーブルの上に吊り下げられたシェードランプの灯りだけです。薄暗いフロアには、ほかにお客さんの姿はありません。BGMもなく静まり返った店内に、ふたりがスプーンを動かす音がカチャカチャと響きました。

周囲を見まわし「人気ないなあ」と言うハルに、トンボは「これくらいがちょうどええ」と言いました。カウンターのなかの女性がだまってふたりを見ています。

カランカランと玄関のドアベルが鳴りました。ふたりが手を止め見ていると、入ってきたのは赤いワンピースを着た年配のマダムでした。ワンピースとおそろいの赤い帽子をかぶり、両手に赤いリードを持って二匹の大型犬を従えています。カツカツと赤いハイヒールの音を響かせ、手近のテーブルに向かうと、ためらうことなく椅子を引いてすわり、やはり赤い色のハンドバッグをテーブルの上に置きました。犬たちはハアハア息をしながらそばの床に寝そべります。

カウンターの女性が出てきて、「犬は外でお願いします」と言いながら、マダムの前に水の入ったグラスを置きました。マダムは「はい」と答えましたが、犬を外へつれ出そうとはしませんでした。

ハルはスプーンを置いて席を離れ、四つん這いになり、そろりそろりと犬たちのほうへ這い寄っていきました。ハルの首にゆらゆら揺れる魚の形の笛を、犬たちが見ています。

「こんばんは」とマダムがハルに声をかけました。ハルは無言でマダムを見上げます。マダムは微笑みながらテーブルにいるトンボのほうへも「こんばんは」と言いました。トンボはだまって会釈を返します。

「暑いですねえ。そちらへ移動してもいいですか?」

マダムからそう言われ、トンボは少しためらいましたが、「え、はい」と答えました。

マダムは犬たちをつれてトンボのテーブルに移動し、さっきまでハルがすわっていた席にすわりました。

「犬はお好きですか？」

マダムはまっすぐトンボの顔を見てそう聞きました。

「好きでも嫌いでもないです」

「この子たち、ほんまは三匹なんです。三つ子なんです。月に三回、うちの子たちは健康診断に病院に行くことになっとるんです。過保護やって言う人もおりますけどね、なにがいけないいんでしょう。この子たち病院に行くのは嫌いじゃないんです。ただ一匹だけものすごく抵抗する子がおって、猛烈にいやがるんでいつも難儀しておりました」

愚痴を聞かされているのでしょうか。トンボには興味のない話をマダムはまくし立てます。犬たちの背後にしゃがんだハルは一匹のしっぽをさわりました。

「それが三日前のことです。病院に行くよと彼らに伝えると、めずらしくその子は素直に従ってくれました。喜んで自分から玄関に降りてわたしを迎えてくれたくらいです。そのときの道中は、わたしと彼らの心がひとつになったといいますか、通じるものがありました、最高の散歩でした。いままで生きてきていちばん幸せなひとときでした」

　感極まった感じでマダムはそう言いました。よくわかりませんが、愚痴ではなく「いい話」のようでした。

「ですが、病院についたら、ほんの一瞬のすきなんです……ほんの一瞬のすきに彼は逃げ出しました。わたしは追いかけられんかった。あまりにも速かったからです。あんなに速く走れるんやったんやね、あの子……」

　いい話ではなく、悲しい話のようでした。ハルは床にすわりこんで犬たちの頭をなでまわしていました。二匹ともひとなつっこい性格らしく、喜んでハアハア言っています。

　カウンターの女性が「犬は外でお願いします」と、こんどは少し強めの口調で言いました。マダムは「はい」と答えましたが、気にせずトンボに話しつづけます。

「それでね、今日は探しに来たんですよ、いなくなったあの子を。表の立派な車は、あなたのですか？」

　こんどは話がどう変わるのでしょう。トンボは「あ、はい」と答えました。

「もしよかったらわたしといっしょに探してもらえんでしょうか？　お時間は取らせませんから。あなたはやさしい方だとお見受けしました。紳士の心をお持ちのようです」

また見知らぬ人からの新しい仕事の依頼に、トンボは困りました。いまはハルを鳥取に送り届けるという仕事の途中なのです。

「トンボ」と、テーブルの下からハルが言いました。「探してやろうや。三匹目」と、子犬のような目でトンボの顔を見上げます。

8

ヘッドライトの照らす路面には、黄色いセンターラインが前方の闇に向かって伸びています。運転席にトンボ、助手席にハル、後部座席にマダムと犬たちが乗っていました。

「そこを探してみましょう。あの子のにおいがします」

うしろからマダムがそう言いました。車で走っていてニオイがわかるとは思えませんが。飼い主とペットの間のテレパシーみたいなものがあるのでしょうか。二匹の犬たちもマダムのひざの上でハアハアと息を荒くします。

「はい」とトンボは答えて、車を路肩(ろかた)に寄せて停めました。犬たちを車内に残し、三人が外へ出ます。

「おーい、三匹目ー」

ハルが呼びかけながら、道路脇の木々の間へ入っていきます。トンボもついていきました。マダムは車のそばに立ったまま、ふたりの様子を見ていました。

「おーい、おーい」と奥のほうへ歩いていくと、一本の木の根もとになにか白くてまるいものが見えます。「あっ」とトンボが駆け寄ると、それはサッカーかなにかのボールでした。薄汚れたボールをハルが拾い上げ、「三匹目の生首」と小脇に抱えました。

ハルはボールを地面に置き、トンボのほうへ蹴りました。トンボが蹴り返します。空気の抜けたボールはベコベコと音を立てながら、ヨロヨロと転がりました。

しばらくそうやってボールのパスをつづけていたら、バタンと車のドアが閉まる音が聞こえました。マダムが車のなかへもどったようです。トンボがふりかえると、エンジン音が鳴り、車が走り出しました。

トンボは驚いて道へもどりましたが、車はそのまま猛スピードで走っていきます。ハルもボールを抱えて道のほうへ出てきました。遠ざかり、夜の闇へ消えていく車のテールランプを、ふたりで見送りました。

車の灯りがなくなるとあたりはまっくらで、シーンと静まり返っています。ふたりはただ呆然とその場に立ちつくしました。

「三匹目は？　ええんかな」

ハルが不思議そうに言いました。最初からマダムは車を盗む気だったのでしょうか。本当は三匹目の犬なんて存在しなかったのでしょうか。しかし、たとえだまされたのだとしても、トンボはマダムを責めることはできません。もともと自分も無断で拝借してきた他人の車なのですから。あの日、広子さんがいまの自分とおなじように駐車場で立ちつくしていたことをトンボは知りません。

車といっしょにトンボのリュックも持ち去られてしまいました。とりあえず今夜は日記を書くことはできないなとトンボは思いました。そのときにはもうマダムが走る車の窓からリュックを投げ捨てていて、リュックから飛び出した日記帳は川に落ちて流されてしまっていたことも、トンボには知るよしもないことでした。

ここで待っていたところでマダムは帰ってこないでしょうし、ほかの車も通る気配がありません。トンボとハルは鳥取のほうへ向かって歩くことにしました。

いまのふたりの気分のように空気の抜けたボールを、ハルがボコン、ボコンと蹴って、黄色いセンターライン沿いにドリブルしていきます。そのうしろをトンボはついていきました。

9

砂丘の上に色とりどりの魚が浮かんでいます。
水のなかではなく、空中を漂うように泳いでいます。
空と砂と魚だけの、静かな世界です。

そんな夢からトンボが目を覚ますと、草の上に寝ていました。ここはどこ……と、思い出すまでに何秒もかかりました。昨夜は歩いてもどこにもたどり着けず、トンボとハルは野宿をしたのです。

起き上がろうとすると、固い地面に寝ていたので、からだがあちこち痛みます。やっとからだを起こし、メガネをかけようとしたのですが、メガネが見当たりません。周囲の草むらを手で探りましたが、どこにもありません。

ハルもいません。ハルが寝ていたはずのあたりには、ボールだけが転がっていました。白いボールだと思っていたのは、朝の光のなかで見ると黄色いボールでした。

トンボは立ち上がり、ふらふらと歩いてハルを探しました。川に下りる斜面のほうへ行くと、川岸の近くにしゃがんでいるハルのうしろ姿が小さく見えました。

気配を感じたハルが、トンボのほうをふり返りました。トンボのメガネをかけています。手には雑草をつかみ、ムシャムシャとそれをかじって食べていました。

ふたりはまた国道29号線を歩き始めました。ハルは額にトンボのメガネをかけています。その辺からちぎって持ってきたオレンジ色の花を食べながら歩いていました。

「おえーっ」と言いながら食べつづけます。

「トンボも食べる?」

「いらん」

「うまいで」

「……」

トンボは無言で拒否しました。

「なんで機嫌悪いん?」

「べつに機嫌悪くない」

とは言うものの、山奥に置き去りにされ徒歩で鳥取まで向かっているというこの状況では、機嫌がよいわけもありません。

「このまま鳥取まで歩いていくと何年もかかるんちゃうん？　……ふたりともばあさんになっとる。トンボは死んどるかもしれん」

子どもは「死ぬ」という言葉をかんたんに口にします。トンボはなにも答えませんでした。

ハルが「うらしまたろう」と言いながら、ずり落ちたメガネをひたいに上げます。トンボはサッとメガネを奪い返して自分の顔にかけました。

「帰りたいんだったら帰っていいけ。わたしひとりで行く」

「トンボが行ったたって意味ないやん」

それはそうです。トンボがだまっていると、ハルは「朝のトンボは頭悪い」と怒ったように言い、花をムシャムシャかじりました。


しばらく行くと、道のまんなかに白い大きな物体が横たわっていました。よく見ると、天地逆さまにひっくり返った車です。

白いセダンでした。旧式のタクシーのようにトランクがうしろにあって、横から見ると凸みたいな形をしている車です。それがTみたいな形にひっくり返っているのです。事故現場なのでしょうか。近くのガードレールが大きく曲がってひしゃげていました。

トンボは立ち止まって遠くから見ていましたが、ハルはペタペタと平べったいスニーカーの靴底を鳴らして、早足で車のほうへ近寄っていきました。そして車のなかを覗き込み、ドアを開きました。トンボのほうへふり返り、手招きします。

トンボはおそるおそる近づいていき、車のなかを見ました。逆さまの車のなかは、もとは天井だった部分が床のように下にあって、そこにひとりのおじいさんが体育座りのように膝を立ててすわっていました。

おじいさんの髪は短く刈り上げた白髪です。半そでシャツとベストにループタイ。ズボンにサスペンダーをしています。見たところ、どこにも出血やけがの様子はありませんが、おじいさんはぴくりとも動きません。動きませんが、おじいさんの開いた目は意識が宿っているようでもあります。

「生きとるん?」とハルが聞きますが、トンボも「わからん」としか言いようがありません。

ハルは近くに転がっていた太くて長い木の枝を拾ってきて、「おーい、おーい」と、おじいさんを枝でつつきました。反応はありません。

このまま放っておくわけにもいきません。車が来れば、また衝突するかもしれないでしょう。トンボはおじいさんの腕を引っぱって、車から外へ引きずり出しました。

ぐっとからだを起こすと、うまくバランスがとれたのか、おじいさんは自力で立ちました。立ってはいるのですが、動きもしゃべりもしません。ハルはおじいさんのうしろにまわり、木の枝で思い切りおじいさんのお尻の穴を突きました。おじいさんは微動だにせず立ったままでした。

「これ死んどるで」というのがハルの診断でした。

動かないおじいさんを道の端の安全な場所に立たせ、トンボとハルはまた鳥取のほうへ向かって歩き出しました。ハルは太くて長い木の枝をヤリのように持って、引きずりながら歩いていきます。

しばらくしてハルがうしろをふり返りました。

「ついて来とる」

ハルの声にトンボがふり返って見ると、おじいさんが歩いてふたりのあとをついて来ていました。生きているのか死んでいるのかわからない感じの顔のまま、自分の足で歩いて来ます。

ハルは立ち止まっておじいさんが来るのを待ち、歩くおじいさんのお尻をうしろから木の枝で突きながら歩きました。おじいさんはまっすぐ前を見て、だまってスタスタと歩きつづけます。

10

ハルとトンボとおじいさん、三人並んで国道29号を歩いていくと、トンネルがありました。奥のほうはまっくらで、出口が見えません。

トンネルの入口に立ったハルがなかへ向かって叫びます。

「うんっ！　こーっ！」

トンネルのなかから「うん、こー……ん、こー……」と反響が帰ってきます。

「いやや、このトンネル通りたない」

ハルはそう言うと、トンネルの横の森のほうへ歩いて入っていきました。

「どこ行くん？」

トンボが聞くと、ハルは「こっちから行く」と、ずんずん進んでいきました。おじいさんもハルのあとをついていきます。

トンボはトンネルのなかを見て考えていました。この道はまっすぐ鳥取に通じていて、姫路に来るときもこのトンネルを通ってきたはずなのです。

ですが、出口の見えない深い闇を見つめていると、「通りたくない」というハルの直感が正しいような気もしました。通ってはいけない、入ってはいけない場所のようにも思えました。

ゴーゴーと風の鳴る音がトンネルのなかに反響しています。

「はーい」

風の音のなかに、小さな女の子の声が聞こえたような気がしました。トンボはゾッとして、まわれ右してハルたちのあとを追いました。


森のなかをハルとおじいさんが進んでいきます。そのうしろ姿をトンボが追っていきますが、なかなか追いつきません。ちょっと疲れてきたトンボは、立ち止まってタバコに火をつけました。

フーッと煙を吐くと、ハルとおじいさんの姿が逆光のなかにシルエットで見えました。立ち止まって、こっちのほうを見ているようです。早く来いと言っているのでしょうか。タバコを吸うのはよくないと思われているのでしょうか。

しばらくしてハルとおじいさんの影が動き、また奥のほうへと遠ざかっていきます。

トンボはタバコを木の幹にこすりつけて火を念入りに消し、ふたりのあとを追いました。ところが、生い茂る木の葉のなかにふたりの姿がふっと見えなくなったかと思うと、そのまま見失ってしまいました。

トンボははぐれてしまったのです。先に行ったほうと、あとを歩いていて遅れたほうと、どちらが不注意だったのでしょう。ふたりで歩いていたのなら、どっちもどっちで一対一の引き分けです。ですが、ハルとおじいさんが先に行き、トンボひとりがうしろでのんびりしていたこの場合、二対一でトンボが悪かったような気になってしまいます。

「おーい。おーい」

トンボはか細い声で呼びかけました。ふだんはこんなふうに人を呼んだりしません。ハルのまねでした。ハルのまねをすればハルに届くかと思ったのです。

でも、ハルの応答はありませんでした。あたり一面、緑の森のなかで、だれの声も聞こえなくなりました。

11

たおれた木の幹の上を歩いていたハルは、「あれ？　トンボは？」とふり返りました。トンボがついてきていないことに気づかず、どんどん歩いてしまっていたのです。「トンボー！」と呼んでみても返事はありませんでした。生きているのか死んでいるのかわからないおじいさんだけはしっかりハルについてきていて、なにも言わずにハルの目を見ています。ふたりはとにかく先へと進みました。

生い茂るシダを踏みしめ、クマザサのやぶをガサガサとかきわけていくと、急に暗い森から解放されて、明るく開けたところに出ました。

目のまえを川が流れています。街のなかを流れるコンクリートで護岸（ごがん）された川とはちがい、山の間を流れる自然のままの水の流れです。

その川原から、ハルは靴をはいたままバシャバシャと水のなかへ入っていきました。

サロペットジーンズの裾も水につかるぐらい深いところまで入っていって、ふと横を見ると人影がありました。

ハルとおなじくらいの年格好の少年が、川の浅瀬に釣竿をさげて立っています。ハルと男の子はおたがいに驚いた顔で目を合わせました。男の子は川岸のほうへ向かって大きな声で言いました。

「父さん、人間がおるよ」

12

トンボは途方に暮れ、たおれた大きな木の幹に腰かけていました。森には小さな命があふれています。ナナフシが木の葉から木の葉へゆっくりと渡り歩き、足もとの苔の上にはダンゴムシたちが這っています。

トンボは靴を脱いで裸足になっていました。その足の上に一匹のダンゴムシが這い上がってきました。モゾモゾと足の上を這うダンゴムシをトンボが見ていたときです。

「ホッホー」

どこか森の奥から、フクロウの鳴き声のようなものが聞こえました。返事をするように、トンボも「ほっ……ほー」と言ってみました。

「ホッホー」

また聞こえました。トンボも返します。

「ほっ、ほー」

するとまた返ってきます。

「ホホー」

トンボも力強く返します。

「ほっ、ほー!」

「ホオオー」

「ほっほー!」

「ホホオー」

「ほっほー!」

「フォオホー!」

あきらかにトンボの声に答えてくれているようです。トンボは靴をはいて立ち上がり、「ほっほー」と言いながら歩き出しました。「ほっほー」と呼べば「ホッホー」と答えます。

天に向かってまっすぐ伸びた杉の木が、狭い間隔(かんかく)で立ち並んでいます。人間がつくった森ですが、ここにも命があって、不思議な声が聞こえるのです。トンボは「ホッホー」の声をたよりに歩いていきました。

いままでこんな深い森を歩いたことがないトンボは、現実にフクロウの声を聞くのははじめてでした。映画や物語のなかに出てくるフクロウは、なぜかいつも物知り博士とか哲学者みたいなキャラクターです。ワシやトンビとおなじ猛禽類の仲間なのに、ワシやトンビは荒くれ者のイメージで、なぜフクロウだけ賢いイメージなのでしょう。森のなかにいて人間に姿を見せることが少ないから神秘的なのでしょうか。

そう言えば、フクロウはたしか夜行性ではなかったでしょうか。暗い森のなかとはいえいまは昼間です。昼間でも鳴くことがあるのでしょうか。

トンボがそんなことを考えながら、「ホッホー」の声を追って歩いているうち、「ほっほー」に「ホッホー」が返ってこなくなりました。なんど呼んでも「ホッホー」がありません。

どうしよう。トンボはとても不安な気持ちにつつまれました。ハルはどこへ消えてしまったのでしょう。あの赤いマダムが車を持ち去っていったように、おじいさんがハルを連れ去ってしまったのでしょうか。車を返してもらえないのも困りますが、ハルを返してもらえないのはもっと困ります。車とハルはぜんぜんちがいます。どうちがうのかというと……それは……と考えながら歩いていたら、いつの間にかトンボは森を抜け、川のほとりに出ていることに気づきました。

ここはどこ？　とあたりを見まわしていたら、「トンボ！」と呼ぶ声がしました。
えっ？　と見ると、川の向こう岸で手をふっているのは、ハルでした。
会えました。「ホッホー」に導かれて歩いてきたら、ハルに会うことができました。
トンボは森のほうへふり返り、「ほっほー」と頭を下げました。

13

ハルとおじいさんといっしょに、ひと組の親子がいました。お父さんと息子です。親子はここに住んでいるようでした。姫路の秘密基地のおばさんもそうでしたし、森のなかに住んでいる人がけっこういるのだなとトンボは思いました。

みんなで焚き火を囲みました。お父さんはプラスチック容器を持ってくると、とっておきという感じでうやうやしくフタをあけ、なかのものを紙皿に取り分けてくれました。川で釣った魚をオイル漬けにしたもののようです。

「人間としゃべるのは久しぶりです。どうぞ、おいしいですよ」

みんながお父さんから魚の皿を受け取ります。ハルは魚をひとくちかじると、ウッという顔をしてトンボに皿を渡しました。そんなハルの様子を息子がけわしい目つきでにらんでいます。

「わたしと息子は、旅をしています。旅をはじめてから、かれこれ八カ月と十六日

がたちました」

お父さんは妙に正確な日数で説明しました。几帳面な性格なのでしょう。髪の毛もきれいに七三に分けられています。ふち無しのメガネをかけ、ビジネスマンふうなグレーのスーツの上にリュックを背負っていますが、さすがにスーツはヨレヨレに薄汚れていて、八カ月と十六日の長さを感じさせました。息子はグレーのパーカーにグレーの短パンという服装です。灰色の親子でした。

「わたしたちがなぜ旅を始めたのかというと……」

お父さんが話をしているあいだに、トンボは自分とハルの分の皿をおじいさんに渡しました。お父さんは気にせず話をつづけます。

「……人間の社会から逃れたかったためです。人間の社会は牢獄です。なにも悪いことはしていないのに、牢獄にいつづける必要はないです」

三人分の魚を渡されたおじいさんは、魚のしっぽの部分を手でつかんでぶら下げるように持ち、頭からバリバリと飲み込むように食べました。おいしいのかまずいのか、おじいさんの無表情な顔からは読み取れません。

お父さんはさらに話をつづけます。

「旅のなかで、わたしたちははじめて自由を得た気がしました。本物の自由です。

人間はかつて木がそうであったものとおなじでした。われわれはひとつの生命でした。大きな、大きな、ひとつの生命でした」

お父さんはむずかしい顔をしてしゃべっていました。森に住んでいると人間もフクロウのように哲学者になるのでしょうか。

食事が終わると、息子は川で水切りをしていました。だれでも子どものころに水切りをやったことがあるでしょう。石を水面に投げて跳ねさせるだけの遊びなのに、なぜかハマるものです。うまく投げて、バシャバシャと水面をなんども跳ねさせると、石が生きているように見えます。息子が投げた石はドボン、といちども跳ねることなく川に沈みました。

少し離れたところにハルがしゃがんで、川の流れを見ています。そばにおじいさんが立っていました。ハルとおじいさんはすっかりコンビのようです。

火が消えてくすぶっているたき火のあとを囲んで、トンボはお父さんといっしょにすわっていました。お父さんはまだ話をつづけています。

タバコに火をつけて吸おうとしたトンボは、視線を感じて「いりますか」とお父さんに聞きました。「よろしいですか」と、お父さんはタバコの箱とライターを受け取り、一本口にくわえました。

「彼らの未来は悲惨です。これからなにもかも悪くなる一方でしょうから」

話しつづけるお父さんの言葉を聞きながら、トンボはポッポッポッとタバコの煙を吐いて輪っかを作っています。

「いまのうちに社会から離れておくことによって、巻き込まれずに生きのびてくれたらと考えています」

それが八カ月と十六日をこんな場所で過ごしている理由のようです。トンボはなんだかわかるようでわからない気分でした。

「ひとりで生きのびても、楽しいんでしょうか?」

トンボは自分の口から出た言葉にちょっと驚きました。なにを言っているんだろう、自分はずっとひとりで生きてきたのに……と思いました。

「そういう考えもありますかね」

お父さんはそう言って煙を吐きました。トンボは自分が言った言葉の意味を考えながら、また煙の輪っかを作ります。言葉はタバコの煙のようにそれぞれの口から吐き出され、宙に広がって消えていきました。

「これはちがう、これはいい。……これもいい、これはちがう」

ハルはそう言って石を仕分けしていました。おじいさんが拾い集めてきた川原の石をひとつずつチェックして、「いい」石と「ちがう」石とに分けるのです。

「これはちがう。これも……ちがう！」

ハルは「ちがう」石を川のなかへ投げ捨てました。おじいさんは手持ちの石がぜんぶなくなると、また石を拾い集めにいきました。まるでハルの執事のようです。

パシャン、とハルの目の前の川面（かわも）に石が飛んできました。ハルがふりかえると、息子が木陰に腰を下ろしてこっちを見ています。彼が投げた石でした。

「知っとったか？　もうすぐ人類は滅亡するんじゃ」

なんの話？　とハルは息子の顔を見ました。

「父さんが言うとった」

「ふうん」

「おまえ、こわないん？」

「おまえは？」

「なんでわしが答えないけんのんじゃ。おまえに聞いとんじゃ」

「こわくない。おまえは？」

「わしじゃってべつにこわない」

「ふうん」

いったいなんの話をしているのでしょう。

ハルが「いい」石を並べて見ていると、息子はハルのほうへ来てとなりに腰を下ろしました。

「なぁ、父さんの言っとることはほんまなんじゃろうか」

「めつぼう？」

「いや、人間の社会は牢獄」

「知らん」

息子はふん、と鼻から息を吐いて、困ったような顔をしました。

「わし、もうしばらく学校に行っとらん」

「そうなん」

ハルは学校に行かない子と話をしたのははじめてです。もっとも、学校に行っている子ともあまり話したことはありませんが。

「いま、急に学校に行ったら、みんな変な目で俺を見るんだろうな」

「そうかもな」

社会というのがなにかはわかりませんが、学校は牢屋みたいなものかもしれないというのはハルにもわかります。悪いことをしたわけでもないのに、どうしておなじ歳の子が集められて、ひとつの狭い部屋に押し込められなければいけないのでしょうか。

「なんかそういうのから……だんだん離れていく気がする」

そう言った男の子の目は、ちょっと悲しい色をしているような気もします。彼はほんとうは学校に行きたいのでしょうか。ハルはわからないまま、「うん」とだけ言いました。

「なんかそういうのいやじゃない？」

「なにが？」

「みんなから忘れられること」

「べつにいやじゃない」

水切りの石を水面が跳ね返すように、ハルは男の子が投げた言葉を跳ね返しました。

彼はそれが気に入ったようです。

「おまえってなんかあれじゃな、強い感じじゃな」

「そうでもない」

「おまえみたいなんがクラスにおったら、楽しかったのにな」

そう言いながら立ち上がった彼は、ポケットから石を取り出し川面に投げました。パシャパシャパシャと水面で三度跳ねました。

こいつがおなじクラスにいたら楽しいのかな、とハルも考えてみました。そもそも楽しいってなんだろうなと思いながら、彼がグレーのパーカーの下に着ているTシャツの、鮮やかな紫色を見ていました。

彼は「やっぱ人間がいいな」と言って、「おぅ」とポケットから石をひとつハルに渡しました。水切り用の平べったい石です。ハルが投げてみると、ドボンと水に沈みました。彼がもう一個投げると、パンと大きく一度跳ねました。ハルがもう一個投げると、またドボンと沈みました。

ふたりから見えないところで、お父さんが川原の石に腰かけ、手首にはめた腕時計をトントンと指でたたいていました。盤面のガラスは曇り、針は止まったまま動きませんでした。

14

親子はそろって大きなリュックを背負って立っていました。コップやら水筒やら、様々な生活道具がリュックにぶら下げられています。これからまた移動して、旅をつづけるのです。

「川沿いを歩いていけば国道に出ます」

お父さんがトンボとハルとおじいさんに言いました。「お世話になりました」とトンボは頭を下げました。

「ではまたどこかで」とお父さんが言い、息子は「じゃあな」とハルに言い、親子は歩いて去っていきました。

ハルが大きく手をふり、トンボが小さく手をふりました。息子が立ち止まってふり返り、ほんの小さく手をふり返すと、お父さんのあとを走って追っていきました。リュックで揺れるコップや水筒がカラカラ音を立てます。

灰色の親子の背中が森のなかに消えていくのを、ハルとトンボはじっと見ていました。おじいさんは見ているのかいないのか、相変わらずだまって立っています。

ふたたび三人になったハルとトンボとおじいさんは、川沿いを歩いていきます。先頭を行くハルが急に立ち止まってふりむきました。トンボとおじいさんも足を止めます。ハルは首から下げた魚の笛をピーと吹きました。

「整列！」

兵隊ごっこのようにハルが言いました。

「貴様らは牢獄の囚人だ。わしは看守だ。わしの言うことに従ってもらうぞ。番号！　点呼！」

兵隊ごっこではなく、刑務所ごっこでした。

「いち」とトンボが番号で答えます。おじいさんはなにも言いません。

「おい、そこのじいじ！　『に』だ。『に』と言え！」

ハルはおじいさんのことを「じいじ」と呼んでいました。ハルがもういちど「番号！」と号令をかけます。

トンボは「いち」と答えますが、じいじはだまったままなので、ハルは自分で

「に！」と言い、「行くぞ！」と歩きだしました。ピッピッ、ピッピッ、ピッピッ、と笛を吹き、行進のように腕をふり、足を上げて進みます。一列に並んでいく三人。こんどはもうはぐれることはないでしょう。

行進をつづけて杉の木立ちを抜けると、国道に出ました。ひさしぶりに見るアスファルトの道です。ガードレールの向こうには湖が広がっていました。ハルが湖に向かって叫びます。

「よっしゃー！」

自然の湖ではなく人工的なダム湖でした。ハルはガードレールに手をかけて暗い緑色に淀んだ巨大な水たまりを眺め、「おー」と声を上げました。トンボもガードレールのそばへ立ち、「でかー」と感心しています。

遅れてじいじが来て、ハルとトンボのあいだに立ちました。

「カヌーに乗りたいのう」

じいじがそう言いました。ハルとトンボは驚いてじいじを見ます。じいじがしゃべったのです。

15

すいーっとカヌーが湖面を進んでいきます。湖の水の色よりも明るい緑色のカヌーに乗って、じいじが慣れた手つきでパドルを操っていました。

ボートはうしろ向きに乗って二本のオールで漕ぎますが、カヌーは前を向いて乗り、一本のパドルを両手でにぎって、軸の両端についた水かきを交互に水中に差し入れて漕いでいきます。じいじはきれいに∞の記号を描くようにパドルを動かし、ゆったりと気持ちよさそうにカヌーを進めていました。

ダム湖の岸に係留されていたカヌーを拝借したのです。むかしのカヌーは丸太をくり抜いて作ったそうですが、いまのカヌーはポリエチレンとかカーボンとか、人工的な素材で作られています。ハルとトンボは黄色いふたり乗りのカヌーに乗っていました。ハルが前に乗り、トンボがうしろです。

「おーい」

手をふるハルのほうをじいじが見ています。二艘のカヌーは湖面に大きな円を描いてまわっていました。

「じいじー」

ハルの呼び声に、じいじは反応しません。ハルたちのカヌーを無視したまま、じいじはハルたちと反対の方向へまっすぐ進んでいきます。川原では執事のようにハルに付き添っていたのに、じいじの様子が変わったことにハルは気づきました。

「じいじどこ行くん? トンボ、じいじ追いかけて!」

ハルとトンボは慣れない手つきでパドルを掻き、なんとかカヌーを反転させて、じいじのカヌーを追っていきました。

じいじはダム湖に注ぎ込む川の上流のほうへ向かって進んでいます。

「じいじー」

ハルとトンボはふたりで漕いでいるのに、じいじがひとりでのんびり漕ぐカヌーにどんどん離されていきました。

すると、じいじの前方から赤いカヌーに乗った一団がやってくるのが見えました。数えると十艘(そう)です。十艘の赤いカヌーが横一列に並んで、じいじのほうへ向かって進んできます。

赤いカヌーに乗っているのは不思議な人たちでした。みんなそろって、カヌーに乗るには似つかわしくないかっこうをしています。

まんなかに並んだ二艘に乗っているのは、純白のウェディングドレスを着た花嫁と、黒いモーニングを着た花婿です。水上結婚式なのでしょうか。しかしふたりの両側に並んでいるのは、結婚式の参列者には見えません。

青い浴衣を着たおばさん。ぶかぶかのランニングシャツを着た男の子。麦わら帽子におさげ髪で、黄色いサマードレスを着た少女。お祭りのハッピを着たおじさん。朝ドラに出てくるような、昭和初期っぽいグレーのスーツを着た女性。カーキ色の軍服を着た青年。工事現場の黄色いヘルメットと作業着のおじさん。ラスタカラーのニット帽をかぶったジャマイカふうの黒人青年。よく見れば、カヌーではない赤いボートにオールを一本持って、前向きに乗って漕いでいる人もいました。

いったいどこからなにしに来たの、と聞きたくなるような人たちでした。時代も場所もバラバラな感じの人たちです。それはまるで、いまここにはいない人たちのように見えました。

しずかな湖水の上でみんな動かず止まっていました。赤い十艘の舟も、じいじの緑色のカヌーも、ハルとトンボの黄色いカヌーも。

じいじのカヌーは十人のすぐ近くに横向きになって停止しています。じいじはハルとトンボのほうへ向かって、ゆっくりと手をふりました。ハルが手をふり返します。

赤い十艘が舟の向きを変え、もと来たほうへと帰っていきます。じいじも彼らに加わっていっしょに行きました。赤い十艘と緑の一艘はどんどん遠ざかって小さくなり、やがて見えなくなりました。

湖面は波もなくしずかでした。とり残されたハルとトンボがだまってじいじの消えていったほうを見ていると、突然バラバラと大粒の雨が降ってきました。

16

どしゃぶりの雨のなか、ハルとトンボは国道29号を走っていきました。ずぶ濡れになりながら、ハルは赤いマダムが探していた三匹目の犬のことを考えていました。三匹目はどこかで雨宿りしているのでしょうか。

走って行くと国道沿いに牧場らしい開けた土地があり、トタン壁の小屋が見えました。ハルとトンボはそこで雨宿りすることにしました。

入ってみると、そこはヤギ小屋でした。むかしは日本の農家でもヤギがよく飼われていましたが、最近はめずらしくなりました。

一匹ずつ仕切りのなかに飼われたヤギが柵から顔を出していました。白いヤギや茶色いヤギ、みんな立派なアゴひげを生やしています。見知らぬ来訪者にとまどうヤギたちがメエーと鳴きます。ハルは「めえー」と鳴き声をまねして、白いヤギの頭をなでてやりました。

トンボは小屋のなかに入らず、軒下に立ってタバコを吸っていました。ハルは小屋から出てトンボのとなりへ来ると、落ちている小さな木の枝をひろって口にくわえました。子どもはすぐになんでもまねをします。

トンボはハルのくわえた木の枝にライターで火をつけてやりました。ハルはスーッと吸うまねをします。

「トンボ、生まれる前のことおぼえとる?」

唐突にハルがそんな質問をしました。

「覚えとらん」

「ハルも覚えとらん。ピンクのもやもややって」

「だれが言っとったん?」

「シャケ師匠」

「シャケ師匠ってだれ?」

「シャケ師匠はシャケ師匠よ」

「ふうん」

ヤギたちがメエメエと交わす鳴き声とおなじくらいに、どうでもいいような会話だとトンボは思いました。

「じいじはそこへ帰った」

ハルのその言葉に、トンボはタバコの煙がノドにひっかかるような気持ちになりました。

雨のなかを走り疲れたハルとトンボば、小屋のなかに積んであるワラの上で寝ました。

ふたりが眠っている間に、牧場の人が小屋へ入ってきました。牧場の人というよりはプロレスラーみたいな大男です。彼は眠るふたりを見て驚きましたが、なにも言わずにそっと寝かせておいてくれました。

そんなことも知らずに目覚めたハルとトンボは、小屋の入り口に立てかけてあった傘を借りてゆくことにしました。黒いコウモリ傘ですが、ビーチパラソルかと思うような特大サイズです。一本でふたりがすっぽり収まることができました。

小降りになってきた雨のなか、ハルとトンボは特大サイズの相合い傘で国道を歩いていきました。集団下校の小学生たちが、色とりどりの傘を差して向こうからやってきます。ふたりをよけてすれちがいながら、「おっきい」「でかっ」「じゃま」と口々に言うのが聞こえました。

やがて雨が止みました。ハルは大きな黒い傘をたたんで、きれいに巻いて片手に持つと、水たまりを踏みながら歩きました。ジャンプして、わざと両足でバシャンと水たまりに着地して、水しぶきを跳ね飛ばしながら行きました。

トンボもハルのまねをして、水たまりをバシャバシャしながら行きます。いつの間にかトンボも子どもみたいになっていました。

17

亜矢子さんのお仕事は小学校の先生です。「帰りの会」の最中なのですが、子どもたちは席につかず動きまわっていたり、ガヤガヤと好き勝手におしゃべりしたりしています。軍隊式に先生が子どもたちを威圧していたむかしとは変わって、子どもたちはのびのびできていますが、先生のほうは大変です。

「帰ったら、おうちの人にちゃんと渡してね」

亜矢子さんはそう言ってプリントを配っているのですが、ほとんどの子どもは聞いていません。最前列の席にプリントを分けて置いていき、教室の窓ぎわまで来た亜矢子さんは、運動場のほうを見て「あっ」と小さな声を上げました。

運動場のまんなかに立っているふたりの姿を見て、亜矢子さんは教室を飛び出していきました。

ガヤガヤ騒いでいた子どもたちは、窓ぎわに集まって外を見ました。運動場に女の人と女の子が並んで立っています。そこへ亜矢子先生が駆け寄っていって、女の人に抱きついていました。


運動場に立っていたふたりはハルとトンボでした。ハルは亜矢子先生の教室へつれて来られ、黒板にチョークで絵を落書きしています。三匹目の犬の絵でした。

トンボは生徒の席の小さな椅子にすわっていました。亜矢子さんは先生の机で、なにか子どもたちの提出物に文字を書き込んだり、ハンコを押したりしています。「亜矢子先生さようなら」と声をかけて帰っていく子どもたちに「はーい、さようなら」と答えます。

「ちょっと待っとってね。もうすぐ終わるけえ」と亜矢子さんは笑顔でトンボに言い、トンボは「うん」と答えます。

「覚えとってくれたんだね」

亜矢子さんがトンボに話しかけます。

「思い出してくれてありがとう。のり子が来てくれるなんて思わんかった」

「お姉ちゃん」

トンボは無表情にそう言いました。亜矢子さんはトンボのお姉さんなのです。

「あいつな、ハルっていうんよ」

トンボは黒板に絵を描いているハルのほうを見て言いました。亜矢子さんもハルを見ます。

「ハル」

亜矢子さんからそう呼ばれたハルは、とまどって亜矢子さんとトンボの顔を見ました。亜矢子さんの前ではトンボはもうトンボではなく、のり子さんの顔にもどっているように見えました。

「こんにちは、おハルさん」

亜矢子さんが仕事の手を止めてそう言うと、ハルは小さく「うん」とだけ答えて、また落書きにもどりました。学校の先生というのはどうも苦手です。

18

亜矢子さんはキックボードに乗っていました。学校の先生の通勤の足としては意外です。亜矢子さんは黒いスカートをなびかせ、乗り慣れた様子で片足で軽快に蹴っていきます。「ウフフ」と笑いながら、歩くのり子さんとハルのまわりをぐるっとまわって、ふたりの進むペースに合わせました。田んぼのあいだの道を通って、踏切を越えていきます。単線の鉄道の小さな踏切でした。


「ゆっくりして、すわっとって。いまお茶出しますけ」

亜矢子さんは台所でガチャガチャとお茶の用意をしていました。のり子さんとハルは居間に立っていました。ふたりは亜矢子さんの家へつれて来られたのです。

居間の花柄のカーテンの前にはピアノが置いてあります。アップライト型の黒いピアノのトップの部分には、白いレースで縁取りした水色のカバーがかけられていました。ピアノの横にはアンティークな感じの木彫のスタンドライトが立っていて、傘の部分がぼーっと淡く光っています。天井から下がっているのはやはりアンティーク調の板金加工のペンダントライトでした。木製の本棚も、その上に並べられた小物類も、みなアンティーク品を買い集めたようです。ただ、部屋の中央にある小さなこたつテーブルだけは、量販店で買ったようなプラスチック製の安物でした。

「なんかへんな匂いする」

ハルが鼻をくんくんさせて、そう言いました。のり子さんもくんくんと部屋の匂いをかいでみます。

「そう?　わからん。きょうだいだからかなぁ」

のり子さんとハルがお茶を飲んでいるあいだ、亜矢子さんはピアノを弾きました。ポロン、ポロンと静かな調子の曲でした。なんという曲かふたりは知りませんでしたが、終わったらしいところで拍手しました。亜矢子さんは立ち上がってお辞儀をすると、またピアノの椅子にすわり、別の曲を弾きはじめました。

亜矢子さんが延々とピアノを弾きつづけているあいだ、のり子さんとハルは部屋にあったオセロゲームで遊びました。のり子さんが黒、ハルが白。のり子さんが最後の一枚を置くと、次々と駒がひっくり返り盤面が真っ黒になりました。六十三対一でのり子さん圧勝の結果に、ハルは絶句しました。

「お姉ちゃん、そろそろ行くわ」

『猫ふんじゃった』を弾いている亜矢子さんの背中に、のり子さんが声をかけました。「え?」と亜矢子さんは驚いたようにふり返り、「なんで、まだおればいい」と言います。

のり子さんが困ったような顔をしていると、亜矢子さんは「もう夜よ」と言いました。こんどはのり子さんが「え?」と驚きました。

のり子さんが立ち上がって窓のカーテンを開くと、外はまっ暗。と思ったのは、となりの家の黒い壁でしたが、とにかく日の光はどこからも射してきません。いつの間にかそんなに時間がたっていたのです。

「泊まっていけばいい。ひさしぶりなんだけ」

そう言って、亜矢子さんはまた『猫ふんじゃった』を弾きはじめました。さっきよりもテンポが速くなっています。

ハルはこたつテーブルの上にアゴをのせて、疲れた顔をしています。のり子さんはハルの横へすわり、どうしたものかと考えました。

ピンポーンと玄関チャイムが鳴り、亜矢子さんは『猫ふんじゃった』の手を止めて、玄関のほうへ出て行きました。

亜矢子さんがドアをあけ、だれかと話しているのが居間のほうまで聞こえてきます。

「こんどまたピアノの音が聞こえてきたら市役所に届け出ます」

「はい、すみませんでした」

「あなたはあやまってればいいと思っているんでしょうけど、こっちの身にもなってみんさい」

「はい、すみませんでした」

「毎晩毎晩、下手なピアノの曲をえんえん聴かされる気持ちがわかりますか」

「はい、すみませんでした」

そんなやりとりが聞こえました。相手は男性の声と女性の声が混じっています。亜矢子さんはおとなりのご夫婦から苦情を受けているようでした。

のり子さんが立ち上がり、自分も玄関のほうへ行こうかと考えていると、ハルが「なんかだるい」と言いました。ぐったりしているハルのおでこに、のり子さんは手を当ててみました。

「熱い……」

ハルのおでこがとても熱くなっています。ハルはごろんと倒れるように横になりました。

のり子さんが玄関へ行くと、隣人夫婦はひとしきり文句を言うと帰ったらしく、亜矢子さんひとりでした。

「お姉ちゃん、薬ある？」

「薬？　うん、どうしたん？」

「ハルが熱ある」

19

二階の空き部屋に亜矢子さんがふとんを敷いてくれて、ハルはタオルケットにくるまって寝ました。

亜矢子さんとのり子さんはまだ起きていて一階にいます。亜矢子さんが台所でハーブティーをいれているあいだ、のり子さんは居間のピアノの前にすわって鍵盤を眺めていました。亜矢子さんが台所から話しかけます。

「これ飲んだらお風呂入ってしまってね。お湯がぬるくなるけえ」

「うん」

「寝るときの服はお風呂場に置いときました」

「ありがとう」

お風呂上がりでパジャマにカーディガンを羽織った亜矢子さんは、メガネをかけていました。仕事のときはコンタクトを入れているようです。

「あんたいまはなんの仕事しとるん?」

食器棚からカップを取り出しながら亜矢子さんが聞きました。

「掃除。でももうやめんといけんかもしれん」

のり子さんがそう答えると、なぜやめなければいけないのかを亜矢子さんは聞こうとはせず、あきれたように言いました。

「あなたはのんきさんだね、いつまでものんきさん」

のり子さんは自分がいつもぼんやりしているとは思っていましたが、のんきだとは思えません。

「そうかな」

「そうよ。かわいい牛みたいにゆっくり進む。心臓がゆっくり動いとるんだね、きっと。自分のペースで、ゆっくりゆっくり」

「お姉ちゃんは?」

「わたしはとくとく速いんよ」

亜矢子さんはハーブティーをそそいだカップを台所のテーブルに置いて「どうぞ」とのり子さんを呼びました。

のり子さんは台所へ行って椅子にすわり、それを飲みました。なんだかちょっと変な味がします。

亜矢子さんは自分の分のカップを持って、のり子さんと入れ替わりに居間のほうへ移動して、ピアノの椅子にすわりました。

「わたしな、最近、もしかして、まちがえたのかもしれんなって思っとるんよ」

亜矢子さんはのり子さんに背中を向けてそう言いました。

「なにが?」

のり子さんも亜矢子さんのほうを見ないで聞きます。

「どうして教師になったんだろう。ならんといけんって、思いこんどったんかな。思い出そうとしても、思い出せんだけ」

亜矢子さんはなにか悩みを打ち明けたいようでした。

「お母さんに言われたんかな? わたし、お母さんに言われとったっけ? 教師になりんさいって」

のり子さんは「知らん」とそっけなく返しました。亜矢子さんはそんな反応には関係なく話をつづけます。

「子どもたちのことは好き。いや、わからん。好きとか好きじゃないとか、もうどうでもよくなってくるんよ。そんなことよりもっととっても重たいんよ。あんな重たい仕事、わたしにはできんのよ」

亜矢子さんは椅子の上で膝を抱え込んで体育座りになっていました。聞いてもらいたいというより、自分の気持ちを吐き出して、整理したいようです。

「自分で言うのもなんだけど、わたしはもっと繊細なんだと思う。たくさんの子どもを、一個のたくさんとして見れんのよ。ほかの先生はそうしとる。そうせんともたんもの。わたしはちがうんよ。もっと気味の悪い粒粒が、ぐわーっと襲いかかってくるんよ。いろんな形をして。いろんな攻撃方法で。わたし、子どもがこわいんよ」

教師の経験がないのり子さんにはわからない話になってきましたが、だまって聞いていました。

「のり子は話を聞くのが上手だね。たくさん話してしまうね。でもそれはわたしに興味がないけえだって知っとるよ」

妹をほめているようで、実は責めるようなことを亜矢子さんは言いました。のり子さんは無言をつづけるしかありません。亜矢子さんは勝手に自分の話をつづけます。

「教師は素晴らしい仕事だっていまでも思っとる。子どもたちが大好き。かわいい。でもなかには本当にかわいくないのもおる。……いや嘘、みんなかわいい。そういうことじゃない。わたしはそういうことが言いたいわけじゃない。この仕事は本当に美しい仕事なはずなんよ。絶対にそう。まちがいなくそう思っとる。なのにどうしても自分にはできない。うまくできない。……いやちがう。誠実にできない。うまくなんてやる必要はない。誠実にやればいい。でもその誠実がいちばんできない。なんで……。なんでわたしこんな人間に生まれたんかな。いやちがう。ごめん。支離滅裂（しりめつれつ）……。こんな自分が許せないわけじゃない。毎日毎日許しとる。毎日少しずつ許しつづけて、なにか大事なものが、ちょっとずつ削れていっとる気がする……。わかる？ のり子にはわからんだろうな。わからんと思うから、わたしもペラペラこうやってしゃべっとる」

アンティークのスタンドライトとペンダントライトの薄明かりのなかで、亜矢子さんはそんなふうに一気にまくしたてました。

まるで独り言を聞かされているようでした。夜中に書いた日記を読まされているみたいでもあります。人間がひとりひとり、他人には関係ない自分だけの悩みごとを毎日考えて生きているというのは、なにかとてつもなくぞっとすることにも思えます。亜矢子さんものり子さんも、気味の悪い粒粒のひとつなのかもしれません。のり子さんはじっと亜矢子さんの顔を見ていました。

「のり子がずっとおってくれたらいいのに。でもすぐにどこかへ行ってしまう。あなたは本当にどうしようもない人間だから。人のことをなんとも思っていないから。虫みたいなものだと思っとるんでしょう？　いいんよそれで。でもきっと不幸になる。あんたは幸せにはなれんよ。人間に生まれたからには、人間として生きていかないといけない義務があるんよ。義務を放棄した人間は地獄へ行くんよ」

呪いのような姉の言葉をのり子さんはだまって聞いています。

「あんたはぞっとするほど冷たい人間だね。ほんとになんの興味もないんだね。でもわたしはのり子が好き。大好き」

亜矢子さんは完全な否定の言葉と、絶対的な肯定の言葉をつなげました。のり子さんは人を否定するのは苦手です。

「わたしもお姉ちゃんが好きだよ」

「ありがとう。嘘でもうれしい」

亜矢子さんはメガネをはずして目をこすりました。涙ぐんでいたのかもしれません。

「もう寝るわ。おやすみ。今日はしゃべりすぎた」

亜矢子さんは立って台所へ来て、ティーカップを流しへ置きました。

「おやすみ」

のり子さんがそう言うと、亜矢子さんは冷蔵庫から牛乳パックを取り出してガラスのコップに注ぎました。

「明日もおっていいよ。何日でも、のり子がおりたいだけおればいいから」

「ありがとう」

「でもきっとあんたは明日すぐおらんくなる。知っとる。いいんよ。勝手に生きんさい」

そう言いながら、亜矢子さんは牛乳の入ったコップを持って二階へ上がっていきました。

のり子さんはしばらくひとりで台所に残っていました。人と人が話し合う、わかり合うというのはむずかしいことです。


のり子さんはひさしぶりにお風呂へ入り、亜矢子さんが貸してくれたパジャマに着替えました。

二階の空き部屋へ行き、寝ているハルのとなりにふとんを敷きました。電気を消してタオルケットをかぶり、横を見るとハルは目をあけていました。

「へんな夢見た」

ハルが小さな声で言いました。

「うん」

「砂漠の上でな、魚が泳いどってな。ハルとトンボがな、魚に乗っとるんよ。その魚はすごいベタベタしとるんよ」

「うん」

「いつのまにかな、ハルの手が魚にくっついて取れんくなってな、トンボがな、手を切ったらええって言ってでっかいハサミ持ってくるんよ。そのハサミでハルの手を切ったら、カマボコみたいにさくっと切れて中身はなにもなかった。ほんでハルは空に落ちるんよ。そのままずっと落ちていって、宇宙までいった。地球がだんだん小さくなって、豆粒みたいになって、まわりはまっくらになった」

わけのわからない夢ですが、のり子さんにはわかります。

「わたしも似たような夢見たことある」

「そうなん」

「砂漠の上を魚が泳いどる夢」

「おなじ夢見とるん」

「不思議だな」

「ハルがトンボの夢を見て、トンボがハルの夢を見たんかもしれん」

「そうかもな」

「なぁ明日には、もうお母さんとこ着く?」

「うん。明日には着くと思う」

「そっか、おやすみ」

「おやすみ」

ハルは目を閉じました。

のり子さんはトンボのメガネをかけたまま寝ています。人と人がわかり合うのは案外むずかしいことではないのかもしれません。のり子さんはトンボにもどって目を閉じました。

20

翌朝、トンボはアズキ色の作業着姿にもどっていました。二階から降りてくると、ハルは居間のこたつテーブルのところにすわっていました。

「おはよう」

バタバタと台所を動きまわりながら、亜矢子さんがトンボに言いました。トンボが「おはよう」と返すと、亜矢子さんは「きのう言ったことは忘れてね。最近ときどき馬鹿みたいになるんよ」と言いました。

亜矢子さんは居間でテレビを見ているハルの前に朝ごはんの皿を運びます。

「ハル、からだは？」

トンボが聞くと、ハルはだまってテレビを見たまま親指を立てるジェスチャーで答えました。

亜矢子さんとハルとトンボ、三人でこたつテーブルを囲んで朝ごはんを食べました。ごはんとみそ汁、煮物や生野菜といっしょに、なぜかお菓子のたい焼きも並んでいる食卓です。

テレビではニュース番組をやっています。

「兵庫県で小学生児童が行方不明になっていることがわかりました。行方がわからなくなっているのは、姫路市に住む小学六年生の木村ハルさん十二歳です。今月の十三日午前十時ごろ、自宅から出ていくハルさんを母親が確認した後、姫路駅前の商店街で多数の目撃情報が寄せられましたが、その後行方がわからなくなっています」

そういうアナウンスとともに画面に映し出されたのはハルの写真でした。それを見て亜矢子さんはこわばった表情になり、みそ汁のお椀を置いて立ち上がりました。

亜矢子さんの家にはいまどきは珍しくなった固定電話がありました。台所の電話台のほうへ亜矢子さんは急ぎ、受話器を取りプッシュボタンを押しました。すぐさまトンボが来て、受話器を取り上げ電話を切ります。

「なにしたん？」

亜矢子さんに聞かれて、トンボには返す言葉がありません。自分は車よりも大変なものを盗んだことになっているのかもしれません。トンボはただうつ向いて首をふるだけでした。

「じゃあ、警察にちゃんと事情を話せばいい」

亜矢子さんがもういちど電話をかけようとすると、トンボは電話線を壁から引き抜いてしまいました。

ハルは食卓にすわったままふたりのほうを凝視していました。

「ハル」

そう言ってトンボは玄関のほうへ向かいました。ハルはあわててごはんをかき込み、トンボのあとを追います。

玄関で靴をはくトンボとハルの背後に亜矢子さんが来ました。

「次に会えるのは何年後かな」

トンボが立ってふり返ります。

「お姉ちゃんありがとう。また来る」

それだけ言うとトンボは玄関のドアをあけて出ていき、ハルもついていきました。

「さようなら、行ってしまって」

去ってゆく妹の背中に亜矢子さんはそう言いました。

ドアがガチャンと閉まると、亜矢子さんは昨日までとおなじように家のなかにひとりになりました。

21

国道29号はもう鳥取の街の近くに入っていました。四車線道路の両側には大きなチェーン店が並んでいます。

目的地まではもう少しです。トンボはまっすぐ前を向いて広い歩道を歩いていました。かなり遅れてハルがついてきます。ハルは歩き疲れてきたのでしょうか。サロペットのポケットに手を突っ込んで縁石(えんせき)の上をのろのろ歩いたり、駐車場のフェンスにぶら下がってみたりして、面白くなさそうにしていました。

トンボはハルをつれて喫茶店に入りました。トンボはメロンソーダ、ハルにはオレンジジュース、それとミックスサンドを一皿注文しました。

カウンター席にはおじいさんがふたり並んですわっていて、カウンターにいっぱい写真を並べてなにかやっています。

「死んだ」「死んだ」「死んだ」「生きてる」……と、ふたりは裏返した写真をひっくり返し、そこに写っている人が生きているか死んでいるかで神経衰弱みたいな遊びをしているようでした。

おじいさんたちの声を聞きながらトンボはサンドイッチを食べました。ハルは手をつけようとしません。

「ハル」

「ん？」

「どうしたん」

「なにが」

「食べんの？」

「いまいらん」

ハルはストローの袋を小さくちぎってテーブルの上に並べています。トンボがぼんやりそれを見ていると、カウンターのほうから「生きてる」「生きてる！」と興奮気味の声が聞こえました。

ハルはトンボのストローの袋もとって、小さくちぎって並べました。

「トイレ」

そう言ってハルは席を立ちました。テーブルに一列に並んだ、小さくまるめられたストローの袋の切れはしをトンボは見ていました。

ずいぶんたったのにハルはトイレからもどってきません。トンボはトイレのほうへ行ってドアをノックしました。店にひとつだけの男女共用トイレです。

「ハル」

呼んでも返事はありません。トンボはドアをノックし、なんども「ハル」と呼びました。悪い予感がします。ハルは昨夜は熱を出していたのです。なかで倒れているのかもしれません。

トンボがドアをノックしつづけていると、店主がやって来ました。禿げ上がった頭に白いヒゲをたくわえた初老の男性です。めんどくさそうな顔でトイレの鍵をあけると、無言で厨房(ちゅうぼう)のほうへもどっていきました。

ドアをあけるとハルの姿はありませんでした。あけはなたれた窓にかかった白いレースのカーテンが風に揺れています。ハルはどこかへ行ってしまいました。

「わたし、子どもがこわいんよ」

トンボは呆然とトイレに立ちつくして、昨夜の亜矢子さんの言葉を思い出していました。人と人がわかり合うのは、やっぱりむずかしいことなのかもしれません。

22

喫茶店のトイレの窓から外へ出たハルは、建物と建物のあいだの狭い隙間を通り抜けていきました。大人は通れない子どもだけの道です。

人気のない裏通りを歩いていくと、道のまんなかのマンホールのフタがあけっぱなしになっていました。

「おーい」

マンホールの穴へ向かってハルは叫びました。返事はありません。ハルはポケットから石を取り出しました。じいじと集めた「いい石」のひとつです。それを穴のなかへ落としました。

十秒ぐらいの時間がたってから、ポチャンと音がしました。とても深い穴のようです。

さらに歩いていくと商店街に出ました。ほとんどシャッター通りになっているなかで、開いている時計店がありました。

なかへ入ると、壁にたくさんの柱時計がかかっていました。振り子がついた古い時計たちです。チクタク、チクタク、たくさんの振り子の揺れる音が店のなかに響いていました。

ガラスのショーケースの上には、革のベルトのついた腕時計が並べられています。ハルはそのひとつを手に取って耳に当て、小さな小さなチクタクの音を聞きました。

「その針は、骨を削って作っとるんだで」

店の奥のレジ台にすわったおばあさんがそう言いました。茶色く染めた髪を毛糸で編んだヘアバンドで止め、鼻に老眼鏡をかけ、首にタオルをかけたおばあさんです。

「なんの骨？」

「恐竜の骨」

ハルが聞くと、おばあさんは腕時計を布でみがきながらそう答えました。ハルはおばあさんの前へ行き、「いい石」のひとつをレジ台に置きました。恐竜の卵のような形をしたきれいなまるい石です。

「これで買わせてくれ」

おばあさんは老眼鏡をはずし、石を手にとって眺めると、小さくうなずきました。

「うん、ええでしょ」

ハルは腕時計を手に持って店から出ました。

小さなチクタクを聞きながら歩きます。商店街は車道をはさんだ両側の歩道に屋根がかかっている形の、片側式アーケード街です。歩道を、街の人々はみなおなじ方向に進んでいます。その流れにさからってハルは歩いていきました。

23

トンボはハルを探しました。もしかしたら姫路へ帰ってしまったのかと思い、鳥取駅へも行ってみましたが、どこにも姿は見当たりませんでした。そもそもハルは電車賃を持っていません。

もちろんのこと、トンボは警察に相談できる立場でもありません。とりあえずハルが行きそうな場所をめぐってみようと思いましたが、どんなところへ行きそうなのか見当もつきませんでした。

国道沿いにもどってみると、古ぼけたゲームセンターがありました。もとは倉庫らしい大きな建物です。なかを覗くと古いゲーム機がたくさん並んでいます。トンボが子どものころに遊んだようななつかしいものや、トンボが生まれる前に作られたような年代物もありました。薄暗い店内でゲーム機の画面の光が不気味にうごめいていますが、だれも人の姿はありませんでした。ハルがいるはずもありません。ハルはゲーム機に入れる小銭も持っていないでしょう。

探し歩くうちに、だんだん日が暮れてきました。日暮れとともに人通りが多くなっていきます。いや、この場合「人通り」という言い方は適切ではないかもしれません。路上に多くの人がいますが、みんな立ち止まっていて、歩いたり通ったりはしていないからです。多くの人が路上に立ちつくし、空のおなじ方向を見上げていました。

トンボは立ちつくす人々のあいだをすり抜けて走りました。人々が見上げる空には月が出ていました。不気味に赤い満月です。まるで地球に落ちてくるみたいに大きく見えます。人々はなにも言わずにその赤く巨大な月を見つめていました。

蒼(あお)く暗い空に真っ黒な山のシルエットが浮かび上がり、そのすぐそばに血の色のように赤い月が浮かんでいるさまは、まるでこの世の終わりの風景のようでした。けれども、トンボは立ち止まらず走ります。今日が世界の最後の一日だとしても、いまやるべきことはハルを探すことなのです。

片側式アーケードの商店街を進んでいくと、人々が空ではなく路上を見ていました。

「子どもやって」「かわいそう」「月を見とったんやって」と、ささやく声が聞こえます。人々の視線の先には、灯火を手に通行規制をする警官の姿が見えました。警官の向こうには、電柱にぶつかって大破した軽乗用車が見えます。トンボはゆっくり歩いて近づいていきました。悪い予感がします。

事故車のそばには緊急ランプを点灯したパトカーと救急車が停まっていました。歩道のはじに事故車の運転手らしき男性がすわり込み、警察官が話を聞いています。救急隊員たちはシーツをかぶせた担架を持ち上げ、ゆっくり運んでいました。シーツから細い子どもの腕がはみ出し、たれさがっています。

トンボが担架のほうへ行こうとすると、先にひと組の夫婦が担架に駆け寄りました。救急隊員たちが立ち止まります。

「息子かもしれません」

父親が震える声で言いました。警官のひとりがそばへ来て、そっとシーツをめくります。父親と母親は絶句して立ちつくしました。

トンボにも遺体の顔が見えました。男の子です。警官がシーツをもどすと担架は救急車のほうへ運ばれ、夫婦がそれにつきそいました。遺体がハルではなかったことに安堵していいものやら、肩を落とした夫婦の背中をトンボは複雑な気持ちで見ていま

した。

　トンボは知りませんでした。この親子はトンボとハルが姫路を発った日、並走する車に乗っていた親子なのです。あの日、養生テープを顔に巻きつけたハルを見た男の子が「お父さん、事件」と言ったのを父親がちゃんと聞いていて、誘拐事件だと思って警察に通報していたとしたら……。男の子が事故にあうことはなかったのかもしれませんし、トンボがハルを探してこの夕暮れの街を走ることもなかったのかもしれません。ですが、とにかくトンボはそんなことはなにも知らないのでした。


　ぼうぜんとした気持ちでトンボは商店街を歩いていきました。いつの間にか人影はなくなっていました。シャッターがすべて閉じた商店街の奥から、すーっとこちらになにかが近づいてきます。電動のシニアカーに乗ったおばあさんでした。

「すみません」

　トンボが声をかけるとおばあさんは「はい」とシニアカーを止めました。

「この子、見ませんでしたか」

　トンボがハルの写真を見せると、麦わら帽子をかぶり、鼻に老眼鏡をかけ、首にタオルをかけたおばあさんは「うん、見たよ」と答えました。

「どこにいましたか?」

「うちの店に来た」

「そのあとは?」

「どこに行ったかはわかりませんけど。だいじょうぶですよ。会えますけ」

おばあさんはそう言って、「さいなら」とシニアカーで去っていきました。トンボには意味がわかりません。だいじょうぶだと言われると、ふっと力が抜けて、いままでなにを心配していたのかもよくわからなくなってきました。

去っていくおばあさんのシニアカーの背もたれに、赤いランプがゆっくり点滅していました。


商店街を抜けると広い通りに出ました。また国道29号にもどってきたのです。

国道沿いを歩いていくと、トンボは妙な物に気づきました。駐車場の脇の歩道に石が置かれています。歩道のまんなかに、まるい石が一直線に並べられているのです。喫茶店のテーブルに並べられたストローの袋のように。

トンボはそれを追って歩きました。だんだんと早足になっていきます。トンボはどきどきしました。なにを心配していたのかを思い出しました。見つけられなくなることが心配で、見つけたことにどきどきしているのです。

石はずっとつづいています。横断歩道を越えて、ガソリンスタンドの前を越えて、マンションの前を越えて、エステサロンの前を越えて、トンボは走っていきました。

交差点の植え込みの脇に、水色のサロペットを着てしゃがんでいる姿がありました。点々とつづいた石の先に、ハルがしゃがんでいました。ハルはポケットから出した最後の石を歩道の地面に置きました。

トンボはゆっくり歩いて、ハルに近づいていきました。

「ここで29号線終わっとるんよ」

ハルはしゃがんだまま、トンボを見上げて言いました。国道29号はここで国道9号にぶつかって途絶えるのです。

「泣いとるん?」

ハルがトンボの顔を見て言いました。

「なんで泣いとるん?」

トンボはだまって涙をぬぐいました。自分でもどうして涙が出るのかわかりませんでした。

24

その夜はふたりでホテルに泊まりました。ハルはツインベッドの脇に置かれた緑色と赤色の電気スタンドのヒモを引っ張り、カチャカチャとつけたり消したりしています。

トンボは緑のスタンドのほうのベッドの背にもたれてすわっていました。ハルは赤のスタンドのほうのベッドに腰を下ろしました。

「なんかな、こわくなったんよ」

ハルがそう言いました。どうして喫茶店のトイレから逃げたのか、トンボが問いただそうとしたわけではありません。自分から話しはじめたのです。

弱くたよりない声で話すハルの横顔を見ながらトンボは聞いていました。

「お母さん、ハルのこと好きじゃなかったかもしれん」

「なんでそう思うん?」

「お母さん、何回もな、あやまってきたんよ、土下座して。おでこごつごつぶつけてた、床に。ちょっと血出てた。ハルがハンバーグ食べへんかったら、ハンバーグつかんで投げた。窓に。ハンバーグはりついて、ゆっくり落ちてった。ハンバーグが。ばあばが死んだときは泣いてた」

トンボは窓にはりついてゆっくり落ちていくハンバーグを思い浮かべました。

「でもな、やさしかった。寝る前にいっつも、おまじないみたいなやつしてくれた」

「どんな？」

ハルはトンボのベッドに来て、トンボのおでこ、鼻の頭、右のほほ、左のほほ、あごの先の順番に中指で触れて、「これ」と言いました。トンボのとなりにハルがすわります。

「あとな、折り紙が得意やった。家の壁に折り紙いっぱい貼ってた」

それを聞いてトンボは「あ」と思い出し、ハルの母親からもらった折り紙をポケットから取り出してハルに渡しました。

ハルは折り紙をじっと見ます。

「これ、三番めに得意なやつ」

折り紙を丹念にたしかめるように、指先で裏返したりしながらそう言いました。

「トンボのお母さんは？　元気？」

「……死んだ。中学生のとき」

「そうなん」

「もう顔もぼんやりしとる。声とか、どんな声しとったかわからんくなっとる。どんどん忘れてく」

ふたりはしばらくだまっていました。

「なぁ、あした、トンボはおる？」

「おるよ」

「トンボがおるんやったら、行こうかな」

「うん」

「トンボをお母さんに紹介する」

部屋の天井のランプのまわりを茶色い大きな蛾（が）がパタパタと飛んでいました。

25

翌日、トンボとハルは病院へ来ました。温室のようにガラス張りで植物がいっぱい茂る明るい廊下を、ふたりは看護師さんにつれられていきました。

上のほうがアーチ状にまるくなっている観音（かんのん）開きのドアをあけて、教会の礼拝堂みたいな広い部屋にふたりは案内されました。

「ここでお待ちください」と言って看護師さんは出ていきました。

集会用の部屋なのでしょうか。木製の折りたたみ椅子が円形に向かい合う形で並べられていて、トンボはその一つにすわって待ちました。

ハルは窓辺に立っていました。アルミサッシではなく古風な木枠の窓です。白く塗られたペンキが剥（は）げかけた窓枠の上を、カタツムリがゆっくり這っているのを見つめていました。

その背中をトンボが見ていると、ハルがふりむきました。ふたりは目を合わせて、お互いになにも言いませんでした。

　ほどなく、ガタンとドアが開いて看護師さんがもどってきました。看護師さんが開いたドアを手で止めて待っていると、静かな足音とともに白い影があらわれました。上下白い服を着たハルのお母さんが、ゆっくりと部屋に入ってきます。顔色も真っ白なお母さんは、トンボの向かい側の椅子にすわりました。

　ハルはだまって窓辺に立ったまま見ています。

「つれてきました」

　トンボの言葉にお母さんはなにも答えません。ハルは窓辺をはなれ、トンボのとなりの椅子にすわりました。

「お母さん」

　ハルがお母さんに話します。

「これ、トンボ。……ハルとトンボな、29号線を歩いてきたんよ。三匹目を探すっておばちゃんに車盗まれたから。三匹目には会ってないよ。三匹目はたぶん森のなかや」

　ハルは遠足から帰ってきた子どものように、道中あったことを話しました。

「じいじとはあっち向いてホイとかした。じいじはカヌーに乗ってどっか行ってしまった。すごくいっぱい迎えが来てた」

長く会っていなかった親子の再会には見えず、ハルはまるできのう家を出て帰ってきたみたいな調子で話していました。

「トンボはな、フクロウとしゃべれたんよ。ハルはしゃべれんよ。トンボはな、すごいんよ。急に泣くけど、いいやつなんよ」

ハルの話にお母さんはなにも反応しません。トンボもだまって聞いていました。

「森で石投げてるやつにも会ったし、トンボの姉ちゃんにも会った。ピアノ弾いてた。いろんな人に会った。いろいろなことがあった」


一気に吐き出したハルの言葉が途絶えると、明るく広い部屋の空気に重い沈黙が広がりました。その空気を破ったのはお母さんです。

「わたしはもう死んでいます」

お母さんはそう言って立ち上がると背中を向け、戸口で控えている看護師さんのほうへ、カタツムリのようにゆっくりりと歩いていきました。

ピー、という音にお母さんの足が止まりました。ハルが魚の笛を吹いたのです。

お母さんはハルのほうへふりかえると、襟もとに手を入れ、首にさげていたものを服の下から取り出しました。まるくて小さな、ハルのとそっくりおなじ魚の笛でした。

ハルがもういちどピーと吹くと、お母さんもピーと吹きました。

「死んでてもええから、また会おうな」

ハルがそう言うと、お母さんは無表情のままでハルの顔を見つめ、ゆっくりとまわれ右して、戸口のほうへ向かいました。看護師さんがドアを開き、お母さんは部屋から出ていきました。

トンボはじっとすわっていました。お礼の言葉もなんの報酬もなく、トンボが引き受けた仕事はこうして終わりました。

26

鳥取砂丘は日本で二番目に大きな砂丘です。面積で言えば青森の猿ヶ森砂丘がダントツに日本最大の砂丘なのですが、その大部分が防衛庁の試験場となっていて一般人の立ち入りは禁止となっているので、観光名所として知られるのは鳥取砂丘が日本一の砂丘です。

観光用に鳥取砂丘にはリフトが設けられています。観光バスが発着する丘の上の乗り場から出発し、県道３１９号線の上を越え、防砂林を越えて砂浜まで空中を行きます。ふたり乗りのリフトにハルとトンボがいっしょに乗っていました。

砂の山の上から青い海が見えます。ハルとトンボは砂の上に並んで腰を下ろしていました。

「なぁトンボ、あっちにはなにがあるん」

「なにがあるんだろ。外国？」

「外国行ったことある？」

「ない」

「ハルも」

「どんなんだろうな」

「行ってみたいな」

ふたりはぼんやりと日本海の水平線を眺めていました。

「あ、くじら」

海を指さしてハルが言いました。

「え？」

「あ、じゃなかった」

「なんだ」

日本海でもまれにクジラを見ることはあります。

「くじらのなかに入ってみたい」

ハルはそんなことを言いました。クジラとか大きな魚に飲み込まれるお話をだれでもどこかで聞いたことがあるでしょう。『ピノキオ』とか。なぜかそういう話が人は好きなのです。まっくらなクジラのお腹のなかに飲み込まれて、そこから出てくることは、もういちど生まれることなのかもしれません。

「飲み込まれるやつ？」

「そう」

「溶けちゃう」

「ハルならだいじょうぶよ」

「たしかに、そうかもな」

「くじらのお腹のなかにはな、町があるんよ」

「それもシャケ師匠が言っとったん？」

「ううん、自分で考えた」

「そっか」

ふたりはだまりました。トンボはずっと海を見ていましたが、となりでハルが少しさびしそうな顔をしているのがわかりました。ハルが聞きます。

「もう帰るん？」

「うん、帰らんと」

塩辛い海のにおいのせいでしょうか。胸のなかが少しチリチリするようなのをふたりは感じていました。

「なぁハル」

「ん?」

あとにつづく言葉をトンボはためらいましたが、言っておこうと思いました。

「わたしな、ずっとひとりだった。ひとりで平気だった」

「うん」

「でもな、ハルがおらんくなったとき、さみしかった。こわかった。こんなふうに思ったこと、いままでなかった」

ハルがだまっているので、トンボは自分が言ったことを少し後悔して、でも笑って言いました。

「また遊ぼうな」

「うん。ええよ」

子どもどうしのようにふたりはそう言いました。ハルは腕につけていた時計をはずしてトンボに差し出しました。おばあさんのお店で石と交換してもらった時計です。

「これあげる」

「ええの?」

「うん」

トンボは受け取って時計を見ました。

「さみしくなったら、その音聞いて」

「うん」

「これ、恐竜の骨でできとるんやって」

「へえ」

「これはほんと。時計屋のばあちゃんが言ってた」

トンボは時計を耳に当てました。

「ええ音」

ふたりはずっと砂の上にすわっていました。ザザーッと響く波の音のなかで、時計がチクタクと小さな時をたしかに刻んでいました。

27

警察署へ行くことは人生に何回あるでしょうか。ふつうの人は街角の交番のなかへ入ったことも数えるほどしかないのではないでしょうか。できれば暮らしのなかであまりお世話になりたくない場所が警察署です。

トンボはハルをつれ、緊張しながら警察署のなかへ入っていきました。入ってみれば、市役所とあまり変わりはありません。掃除のおばさんが床をモップで拭いていて、カウンターの向こうで署員の人たちが事務的に動いています。トンボがのり子さんだったときなら、自分がここの床を拭いていたかもしれません。市役所とちがうのは、カウンターのなかの人たちがみんな青い警察の制服を着ていることだけです。

どこへ行けばいいのかわからず、トンボは手近の窓口へ行って声をかけ、対応してくれた人に話しました。姫路で失踪事件になっている少女がこのハルであること。責任はすべて自分にあること。

市役所だったら「番号でお呼びしますのでお待ちください」と言われるところです。ですがここではちがいました。制服を着た人たちがワラワラとカウンターの奥からいっぱい出てきて、トンボとハルのまわりを取り囲みました。女性の署員がやさしくハルの肩を抱き寄せ、べつの女性署員がトンボの腰に腕をまわし、強くつかんで引き寄せます。

ハルはその場に残り、トンボは大勢の人に囲まれて引き立てられていきました。警察署のフロアを連行されていくトンボのアズキ色のツナギの背中を、ハルはずっと見ていました。

28

国道29号を鳥取から姫路に向かって、一台のパトカーが走っていました。女性警察官が運転し、助手席にハルが乗っています。

パトカーはトンネルに入りました。姫路から来るとき、ハルが通りたくないと言ったトンネルです。車で走れば、あっという間にトンネルを抜けます。

「家帰ったら、最初になにしたい?」

女性警官が聞きました。ハルは答えず、じっと前を見ています。

「なんか音楽でも聞こっか」

女性警官がラジオのスイッチを入れますが、うまくつながりません。チャンネルを切り替えても、電波状態が悪いのかノイズばかりです。

そのとき、車のうしろからカラカラと音がして、車体がガタガタ揺れました。

「ん?」と女性警官は車を停めました。

メガネをかけた女性警官は、鳥取の警察署で最初にハルを抱き寄せ保護した人でした。彼女は車を降り、異音の原因を確認するため後輪のほうを見に行きました。ハルはひとり助手席にすわったままでした。杉林に囲まれた山間の道は、ほかに走ってくる車はいません。

じっと道の先を見ていると、カーブの向こうからなにかが現れました。金色に輝いて見えるそれは、大きな魚でした。

道の上一メートルほどの高さで浮いている魚が、ゆっくりと空中を泳いできます。ハルはシートベルトを外して車の外に出ました。

パトカーの三倍ぐらいの大きさの魚が対向車線の上に浮かんで泳いできます。ゴポゴポと水のなかのような音を響かせ、大きな金色のウロコをきらめかせて、ハルの横を通り過ぎていきました。車体の下を覗き込んでいる女性警官はそれに気づきません。

大きな金色の魚は道の上を進んでいき、カーブを曲がって見えなくなりました。ハルは魚が消えた国道29号をずっと見ていました。

ハルが車内にもどると、女性警官が先に運転席にもどっていました。

「どうしたん？」

メガネの奥の目が不思議そうにハルの顔を見ています。ハルは彼女に顔を向けず、目の前の国道29号の先を見つめながら、ぶっきらぼうにひとことだけ言いました。

「ないしょ」

29

警察署内の廊下を、手錠をかけられたトンボが歩いていました。男性警官が先を行き、女性警官がトンボのうしろに寄り添っています。

廊下の奥から風が吹いてきました。窓は閉め切られているのに、なぜか突風がサーッと吹きすぎていったのです。

廊下の壁に貼られた掲示物がバサバサと風にめくれ上がるのとともに、ゴポゴポと水音のようなものがトンボの耳には聞こえました。

トンボはふり返り、通り過ぎていったものを目で追いました。目には見えないけれど、大きな魚が泳いでいったような気配がしました。たしかに見えたような気がしたのです。

長い廊下でした。どこへつれていかれるのかトンボは知りません。今日はこれからどうなるのでしょう。そして明日がどうなって、明日の明日のそのまた明日がどこまでつづいていくのかは、だれにもわからないことでした。

ルート 29
2024 年 11 月 22 日　初版第 1 刷発行

著　黒住光
原作　森井勇佑／中尾太一

絵　西村ツチカ
装幀　名久井直子
編集　大嶺洋子
発行人　孫家邦
発行所　株式会社リトルモア
〒 151-0051　東京都渋谷区千駄ヶ谷 3-56-6
電話：03(3401)1042　ファックス：03(3401)1052
https://littlemore.co.jp/

印刷・製本所　株式会社シナノパブリッシングプレス

Printed in Japan
ISBN 978-4-89815-601-8